U0084207

LAB C

Giddens
九把刀

蟬堡

LAB C

〔全世界我們最可憐〕

目錄

1

樹林邊的小屋子裡，原本該生著火，一家和樂地在火爐邊吃著馬鈴薯泥跟火雞沙拉，一邊唱歌。或許飯後爸爸還會喝點小酒，媽媽則會跟孩子們下跳棋，說點來自媽媽家鄉的幽靈故事之類的。之類的。

現在還是生著火，但屋子裡的其他一切，看起來色調有些太統一了。

「眞可憐啊，這一切……」

「是啊，還能更慘嗎?」

警方在屋子周圍拉起了黃色封鎖線，讓鑑識小組的人們都在裡面好好做起小蜜蜂的工作，戴著塑膠手套尋找毛髮啦血跡啦指紋啦可疑的衣服碎片啦，這裡拍照，那裡拿布尺丈量一下，淨做一些徒勞無功的瞎事。

根本不必要吧其實，畢竟凶手根本是現行犯，被逮捕的時候全身都是被害人，嗯，被害的一家人，的血。濕答答的，好像專程去血瀑布底下沖了個澡，手裡還拿著凶刀，喔不，嚴格來說是一把斧頭，一把猩紅色的斧頭。證據確鑿，而且凶手坦承不諱。

約翰，一個很普通的名字，不過有個普通名字的約翰，可有個一點也不普通的興趣，這個一點也不普通的興趣，爲他在報紙上贏得一個一點也不普通的外號——斧頭鬼約翰。

上個月斧頭鬼約翰在鄰郡砍人，把一戶人家砍光光，還順便把那戶人家的鄰居跟鄰居的鄰居也砍光光。上上一個月，他也砍了連三戶，可說是一邊逃亡一邊創造砍人的生涯紀錄。這些都還未記入警方知道的部分。

「我先聲明，我沒有殺人，我是砍人。」

渾身筋肉的約翰非常冷靜地強調這一點：「只是沒想到稍微砍一下，人就死了。我沒有要逃避責任，但這些人實在是太脆弱了。」

是的，人眞的很脆弱，稍微砍一下就死了，這點不得不承認約翰是對的。

這戶倒楣人家的男主人，人頭倒是沒有被斧頭砍掉。被砍掉就輕鬆了。

他被砍的第一下落在右肩，第二下劈在左胸，第三下從下往上劈——從陰部逆劈而上，骨盆都碎了，老二的狀況就不多說了。沒有第四下。

第四下給了女主人，她的左手掉在地上。第五下直直地劈在她的臉上，不過不是正面劈，而是側面劈，把她的臉整個削掉，所以沒有第六下。

第六下就由他們的大女兒接手，從左肩斜斜劈落，力量貫透，順勢劈開半個身體，讓她甩著V型裂開的身體衝出家門，邊叫邊倒在後院，這一摔，心臟還掉在外面。眞是不科學啊……那種怪異的跑步姿勢。

第七下給了前來看看是怎麼回事的熱心鄰居，一個拿著獵槍的老頭子。這第七下到底是砍在哪裡已經無從確認，只知道第八下、第九下、第十下……到第二十下通通都給了這個老頭子，眞是砍到連他媽媽都不認得。

沒有一下砍下任何人的腦袋，這跟使用斧頭的殺人凶手給人的刻板印象有一大段差距，或許一身強壯肌肉的約翰根本只是一陣亂砍的隨性風格，沒有蒐集人頭當作勝利勳章的習癖。在這一陣隨性用斧頭塗鴉的放肆後，就算不累，身心也舒服了，約翰滿足地從冰箱裡爲自己倒了一杯牛奶，然後坐在前門的搖椅上睡著了。一直睡到警察姍姍來遲爲止。

被四支手槍一起瞄準的約翰沒有笨到抵抗，他先是把手上已經不冰了的牛奶給慢慢喝完，然後非常配合地自我介紹，長達十三分鐘的滔滔不絕。

這段自吹自擂的期間，他的斧頭被沒收，他的手被上銬，他的嘴角被警方洩恨似地偷踢到流血，牙齒也斷了兩顆，可約翰不以爲意，他知道自己跟這些趁火打劫自以爲私刑也是正義的警察不一樣。完全不一樣。

他砍人，一向是光明正大地砍。

「發現生還者！」

屋子裡的鑑識人員一陣驚呼，兩個警察趕緊跑進屋子查看。

一個躲在房間衣櫃裡的小男孩，神色驚恐地喘氣，眾人趕緊抱他出來。

這個約莫九歲大的男孩躲在裡面，至少已超過五個鐘頭了。他在櫃子的門板縫隙中，目睹了案發的一切，看著爸爸被砍得亂七八糟，媽媽的臉被削掉，姊姊被劈成一點五半，這九歲男孩還是勇敢地摀著自己的嘴巴，緊張到將手指咬到流血，自始至終都沒有發出一點點聲音。

比較特殊的是，男孩的褲襠濕濕的，但不是尿褲子，而是射精。男孩人生中第一次射精，竟然不是夢遺或手淫，而是過度驚恐的極端自然反應，將死之際，想留種於世。

鑑識小組安撫著還在發抖的男孩，給他毛毯，給他熱水，給他擁抱。

男孩只是哭，一直哭，什麼話都說不出來。男孩的無助慘狀觸動了在場所有人的同情與憤怒。警察一邊咒罵，一邊朝跪趴在地上的約翰一陣猛烈狂踢，從頭到尾都沒有人浪費時間在宣讀法律賦予約翰的權利。

「證據確鑿，現在又有人證！別想說你只是剛好路過才沾了一身血啊！」

「管你是真瘋還是假瘋！等著在監獄慢慢腐爛吧你！」

「入監後有你受的了！我敢打賭像你這種人渣敗類，根本撐不過一個禮拜！」

進監獄啊……說到進監獄啊……

砍了這麼多人，進監獄是約翰最不怕的事情之一，畢竟半年前他就是從監獄裡出來，他在那裡學到了用斧頭砍人的快感。在蹲苦牢之前，他只是一個用美工刀犯案的小癟三，但監獄使人成長，再胸無大志的人也會想好好奮發，出獄時他已經提升了自己，是一個使用大傢伙的怪物。

約翰覺得，斧頭很好，比美工刀好。再一次進監獄進修也很好。死刑也不怕，畢竟，對約翰這種不曉得活著要幹嘛的人來說，死亡倒是一件值得崇拜的儀式。

「說到監獄，我跟羅伯特約好了，要比賽看看，到底是斧頭厲害，還是電鋸厲害。」約翰被打趴在地上的時候這麼說，鼻血一直流。

「羅伯特？」剛剛猛踢他的一個警察皺眉，忍不住反問：「你是說，上個禮拜在德州落網的……電鋸狂羅伯特？」

「是啊，我們在比賽，在下一次被逮到前，是我的斧頭砍掉最多人，還是他的電鋸鋸掉更多人。」約翰咧開嘴傻笑，不知道在得意什麼：「我在報紙上看到，他一共鋸掉了五十三個人，哈哈哈！這個比賽是我贏了，就在今天，我總共砍掉五十五個人，整整領先他兩個啊！」

四個警察你看我，我看你，然後一起哈哈大笑起來。

約翰不理解，警察的笑聲令他面紅耳赤，好像他的算數有什麼問題。

「你傻的，還是沒看今天的報紙？羅伯特在昨天晚上又逃走了，逃走的時候還把電鋸帶上了，光是在羈押他的小警局裡面他就鋸死了三個警察，後來他在繼續逃亡的路上，至少又殺了兩個人。現在肯定又不止了，羅伯特他瘋的嘛！」

胖胖的警察將約翰揪了起來，用力一把往前推，將他推去撞牆：「如果你的瘋言瘋語是眞的，羅伯特至少倒贏了你三個人，而且你這個蠢蛋已經被抓了，他還是可以繼續用他該死的電鋸拉大比數！」

「別跟他瞎說了，誰知道他說的是不是眞的，我看他只是一個精神病罷了。」

「不管他跟羅伯特是不是有關係，跟那種殺人魔攀親帶故，就是該死！」

「唉，眞希望我們剛剛到的時候，這傢伙鬼吼鬼叫一下，我們就可以順理成章一槍把他斃了。喔不！得先從膝蓋開始打起，再亂槍把這個敗類轟成蜂窩！」

四個警察你一言我一語挖苦著約翰，但被發亮的警靴踹得鼻青臉腫的約翰，只是呆呆地看著這些自以爲是的爛警察，看著，數著，搖頭晃腦著。

「一，二，三，四……你們一共有四個。」好不容易站穩了的約翰，痴痴地說。

「那又怎麼樣？」

「砍掉了你們，我就又領先羅伯特一個人了。這還不加那個小男生，還有那些趴在地上拍照的笨蛋。所以等一下我又會超前羅伯特了。哈哈……哈哈……」

「哈！請問你要怎麼砍？」胖胖的警察看著約翰手上的手銬，手銬還閃閃發亮。

「……」約翰順著警察的視線，低頭看著自己手腕上的這兩個圓圈圈。不解，他眞的不解。這是他今天聽過最令人迷惘的問題了。

「這種手銬，鏈子，太細了。」約翰平舉雙手，展示著束縛他的手銬。

「太細了？」胖胖警察反應不過來。

「對，太細了，對我這種常常拿斧頭砍人的人來說。」約翰的頭一歪。手銬的鏈子應聲崩斷，約翰一把抄起放在地上粉筆圈圈中間的斧頭，掄舉一劈！

砍人比賽再度開始！

約翰的砍人技術最可怕的一點就是，完全沒有技術可言，他根本就不針對人的要害砍，想砍哪裡就砍哪裡，反正砍死人眞的不是他的目的，砍到這個人沒辦法好好站著給他砍才是他的小小要求。

四個嚇傻了的警察在這麼近的距離，眼睜睜看著約翰手中的斧頭劈向自己跟同伴，胖胖警察首當其衝，斧頭砍在他的大腿上，然後是肚子，手腕，肩膀，約翰一反手，後面的警察給砍飛了一隻手，稀里嘩啦然後第三個警察的臉消失了一半，第四個警察好不容易把槍拔出來了，兩隻手卻一起掉在地上。

說來好笑，明明就沒有砍得特別快，約翰就只是沒有停下來而已，這四個警察卻因過度震驚，連手槍都沒有能好好掏出來，任憑約翰一直砍，一直砍，瞎砍，盲砍，腦子鼻子腸子都飛了出來，硬生生連續砍了二十多下，四個警察手手腳腳琳琅滿目地掉在四面八方。

「呼哈！」約翰吐了一大口氣，走向門內。

屋子裡的鑑識人員，他們完全就是嚇瘋，不是連逃都忘了逃，而是腿軟。

「我一定要贏過羅伯特！」約翰信誓旦旦舉起斧頭。

滿屋子的鑑識人員，就在黃色封鎖線內被砍得破破爛爛，放大鏡，照相機，布尺，全都掉落在需要重新勘驗一次的現場，地上湯湯水水，好像剛剛舉辦過一場瘋狂的砸爛番茄大戰。

而那個全身裹著毛毯的獲救小男孩，則呆若木雞站在原地，手裡的熱水杯顫抖得很厲害，卻沒有脫手摔在地上。杯子裡的熱水，不知道什麼時候變成了滴滴答答的紅的。

約翰砍累了，蹲在地上稍作休息，順便趁著全身放鬆的此刻把褲子脫了大便。約翰實在是太偏食了，平常只吃肉不吃蔬菜，腸道缺乏植物纖維，所以每次大便都很難捱，咿咿咿咿地從齒縫裡發出很努力的聲音。

小男孩就站在正在撇條的約翰旁邊，一動也不敢動，腳不抖了，牙齒也不打顫了，甚至連呼吸都只剩下一條線，好像這麼逼迫自己停止所有的感官，就可以漸漸隱形在這個瘋狂的斧頭殺人魔旁，獲得一億分之一的僥倖不被注意。

風。

門外吹來的風，將約翰緊緊含在肛門裡的大便給吹得搖搖欲墜。

「喔？」約翰回頭。

沒有警笛聲，沒有更多警車圍住這裡，沒有直升機的探照燈。

但約翰嗜殺的本能感覺到了，足以妨礙自己揮動手中斧頭的力量，就在門口。

在這距離最近的城鎮至少有半小時車程的樹林邊緣，能夠來支援的，能是誰？

八個臉色蒼白的男人，像野獸一樣頭下腳上地爬落樹。

2

是的，是爬落樹沒錯。

八個從高高的杉樹上直直爬下，動作怪異卻矯健熟練的男人，一著地，也不需要任何緩衝的姿勢，就恢復成站立姿勢，昂首闊步地走向血淋淋的屋子。

走向，正努力用屁眼夾斷大便的約翰。

……撲通。

收縮了一下苦澀乾燥的屁眼，假裝無奈的約翰舉起斧頭，走出門前還溫柔地摸了摸小男孩的頭，笑笑：「甜點要最後吃。」這才走出屋子。

屋外，等待著約翰的，是這八個穿著毫無特色、高矮胖瘦都有的男人。

明明就擁有從樹頂直爬而下的野獸身手，他們卻像是附近城鎮隨處可見的普通工人，一眼就知道衣服底下，都是一個個沒有特別鍛鍊過的身體，然而其尋常無比的身上，卻散發出極度濃烈的殺氣，好像出生在這個世界上，就是爲了得到一場好戰鬥似地。

那些不正常的殺氣並沒有壓制住，天天以鮮血爲樂的約翰。

令約翰在心底著實打了一個冷顫的，是這八個男人的眼睛。

這八個人，見鬼了沒有眼睛。

眼窩空蕩蕩的，只有兩個深褐色的窟窿，而他們臉頰上，掛著乾掉的血痕，可以想見他們的眼睛是在不久前的某一個時刻，給活生生挖走的。而這八個失去眼睛的人，卻彷彿不需要眼睛似地，大踏步靠近自己，還赤手空拳，完全沒有把自己放在眼裡……喔不，他們本來就沒有眼睛。

「明明只是瞎子，怎麼感覺好像會輸……」約翰感到口乾舌燥的興奮，手中的斧頭都在發抖了：「這種恐怖的感覺，好久好久沒有出現過了，我可能會死啊……」

沒有虛張聲勢的開場白，八個人更沒有將時間花在對峙的氣氛上，沒有一刻停止腳步，一圍住約翰，就直接衝上前，捏緊拳頭，張起爪子！

「我要繼續創紀錄啦！」約翰揮舞斧頭，一砍，砍在一個無眼男人的臉上。

無眼男人雙手牢牢抓住劈在臉上的斧頭，手腕力氣之大，竟然讓剛剛才掙脫手銬的約翰無法將斧頭抽回，這一瞬間，就是決定勝負的一眨眼，另外七個無眼男人對著約翰一陣亂無章法的瘋狂暴打，打得約翰趴倒在地，倒地後又是一路無止盡的猛打猛踢。搥臉，揪鼻，鑿胸，頂肚，踢下陰，每一擊當然都無法好好瞄準，卻都毫無保留地揍下去。

「……好痛……痛死我啦！好啦好啦！我已經不能動了！」

被八人聯手打得無法動彈的約翰，在開打前就意識到自己會輸，卻沒想到自己只劈了一個人就沒機會再往下砍下去。這八個完全不怕死的瞎子憑藉著源源不絕的獸性，將自己制服，在這被打倒的短短過程中，約翰一點點反擊的能力都沒有，而且還持續被打，下體都給打出血來。

「啪！啪啪！」

走出樹林的，是一個正在拍手的矮小老人。

那八個瞎子聽到了拍掌聲，馬上停止毆打約翰，並將他的雙手雙腳牢牢固定住，將他的脊椎踏住，將他的頸子按住，這時約翰才得到喘息。

「……」約翰的臉上濕濕的，無法抬頭的他，拚命用眼角餘光往上看，看見剛剛被自己劈中臉的那個無眼男子，他的臉上還嵌著那把斧頭，腦汁和著血水，不斷從臉上的裂縫中滴下。

拍手的矮小老人，皮膚呈現密密麻麻的龜裂，猶如蛇鱗，可見其經歷的歲月已超過一個世紀。歲月風乾了他的皮膚，壓垮了他的脊椎，然而他所擁有的歲月，以及在那歲月裡發生的種種怪異絕倫，足以令老人掌握一般人無法想像的神祕力量。

他那不被神知道、卻令惡魔通曉的名字，約翰還不夠資格用耳朵接住。

具。

約翰只需要知道，在這個老人面前，他用來炫耀力量的斧頭，不過是小小的玩

龜裂老人蹲下來，用他灰濁濁的眼珠子仔細端詳了約翰很久。

「老頭？你是誰？」約翰的牙齒流出了臉頰上的破洞：「你好厲害！」

「你，有一點潛力。」龜裂老人緩緩站起，走進暖暖的屋子。

屋子裡，龜裂老人自己煮了一壺茶，慢慢地飲著，等著。

龜裂老人的旁邊，那大氣都不敢吭一聲的小男孩，因爲過度害怕而持續空洞化自己的所有情緒，既不敢跟龜裂老人說話，也不敢移動身體，就這樣呆呆地保持了所有的僵硬。

約翰在刺骨的夜晚冷風中，被八個無眼男人七手八腳硬架了好幾個小時，不知道在第幾個小時，臉上嵌了一把斧頭的男人才倒下。他的倒下令約翰稍微釋懷，這些人雖然不怕死得厲害，可也是普通的人類吧。

然後他們終於來了。

車子，直升機，黑色西裝，墨鏡，徽章，奇怪的證件，該來的都來了。

殉職的警察與鑑識人員，以及死者一家人及倒楣的鄰居，全都被好好地，以正式且嚴肅的規格處理，裝入不透明的屍袋，抬上車送走。

用來獵捕獅子的超強效麻醉針射進了約翰脖子上的血管裡，約翰的手腕再度被銬上，粗大的手銬經過特殊強化，當初的設計者號稱，除非你是一頭熊，否則絕不可能掙脫。約翰的臉部被罩上特製的鐵面具，每分每秒都直接往鼻孔裡灌輸著麻醉氣體，確保即使你眞的是一頭熊，也是一頭只懂沉睡的熊。

龜裂老人總算走出屋子，看著，這些專程跑來收拾殘局的陣仗。

十幾個穿著黑色西裝戴著黑色墨鏡的男人與女人，打扮得這麼刻意，如此模版，好像深怕別人不知道他們是來自某個神祕組織似地。

「結果得用上八頭符屍，才能制服得了這個斧頭鬼啊？」一個墨鏡男點了根菸。

七個無眼男人呆呆地站在冷風裡，符屍，似乎就是他們共同的名字。

「稍微高估了。高估從來不是壞事。」龜裂老人微笑。

「還剩七個啊……又可以見識一下驚人的場面了。」一個墨鏡女說。

龜裂老人微笑，小心翼翼打開手心上的盒子。

盒子裡有八隻綠色的小蠶，其中一隻僵死在一旁，還有七隻綠色小蠶正高高抬頭，微微晃著軟軟的身軀，像是被無形的細繩給牽引住。龜裂老人的手指輕輕在盒子上方一搓，抖落了粉末，那些蠶受了刺激，忽然開始互咬。

就在此時，七個無眼男子也開始互毆。

不，那可不是互毆所能形容。

他們將手指插進對方的頸子裡，將拳頭搗進對方的頭骨裡，將手指握住對方的肋骨硬生生扳斷，將對方的脖子折斷，咬破對方的肚子，抓爛對方的睪丸，用手肘將彼此的脊椎骨擊彎，手指斷了還是繼續打，腸子都流出來了還是繼續打，頭都歪了還是繼續打，肋骨整個被扯下來了還是繼續打。

打打打，打打打，最後終於沒有人還有拳頭可以打了。

滿地破碎的內臟跟扭曲的形骸，好像被砲彈打中似地。

龜裂老人盒子裡的八隻小蠶，也都死了，死得支離破碎。

盒子收起前，龜裂老人張大他那乾癟的嘴，將那八隻小蠶一條條都給吞了。

「不管看了幾次，都還是很壯觀。」黑衣男之一說。

「眞是不虛此行。」黑衣男之二說。

「也許我就是爲了看這種場面，才申請進鷹組的。」黑衣男之三說。

告一段落了。

被好好請出了即將燒成灰燼的屋子，那個裹著大毛毯的可憐小男孩，傻傻地站在眾黑衣人之間，簡單的問話，寫下自己的名字，拍照，紀錄身高體重，檢查指甲，檢查舌頭，甚至做了一個一分鐘之內就可以完成的簡易智力測驗。

目睹兩次腥風血雨，家破人亡，孤孤單單，這男孩無庸置疑是今天最慘的人。還能更慘嗎？

能的。

「F組，加一，編號F23973352。」

「K組，加一，暫定綽號斧頭鬼約翰。」

「正好趕上新一梯次的包裹。」

「我很看好斧頭鬼約翰，在那裡他可以跟電鋸狂羅伯特繼續比賽。」

不知所措的彼德．布蘭特，大屠殺案裡的唯一倖存者，榮登今天最慘的人。

連同製造了這一場大屠殺的斧頭鬼約翰，被送上了黑色直升機。

直送，遙遠的沙漠深處。

3

紐約錯綜複雜的暗巷。

一個心情惡劣的老警察，開著關掉警笛的巡邏車在貧民區的街上閒晃，車窗拉下，車速很慢，一邊咬著冷掉的熱狗堡，一邊尋找著能夠讓他好好發洩的「特殊情況」。

一個小時前，老警察用他的方法離婚了。

贍養費是九顆子彈，一口氣在他偷腥的老婆嘴裡付清。躺在浴缸裡的他老婆顯然很滿意贍養費，完全沒有討價還價。

後悔嗎？老警察當然很後悔，他一向以愛老婆備受鄰居稱讚，每逢過節老婆跟他都會找鄰居到家裡聚餐喝啤酒看球賽。現在，他需要做一件好事，一件正能量飽滿充足的好事，來彌補今天晚上在他與老婆之間發生的一切。

此時此刻的他充滿了義憤填膺的正義感，他需要一群足夠壞的混蛋讓他實踐他的正義。今天的老警察，有替天行道的個人需求。

警車開得很慢，很慢很慢。

這條發出人格腐臭氣味的街上什麼都有，各種面貌的扒手，交頭接耳的幫派混混，不斷搭訕賣假電話卡的癟三，兜售假名牌包的小屁孩，穿金戴銀的皮條客，抽菸抽到牙齒發黑的老妓女，從事贓物買賣的掮客，東張西望賣古柯鹼的毒販……

但今天晚上，以上這些都不夠。都不夠。

看樣子，這個「特殊狀況」還是得發生在「特殊的地方」。

全紐約的警察都知道，老墨的地下賭場在哪裡。但全紐約的警察分局局長，都收到了老墨放在牛皮紙袋裡的鉅額賄款，於是全紐約市的警察都是老墨地下賭場的制服保鏢，每天晚上都派警車固定來巡邏。這眞是太幽默了。

老警察的車終於停在老墨地下賭場外的小巷，舔著手指上的芥末醬。

他仔細舔了很久，確保這人生最後的滋味已嚐盡。

老警察刻意穿著防彈背心，並不是怕死，而是怕死太快，被他拖進地獄的壞蛋還不夠多，那可不符合他對今晚正義感的自我要求。老警察過肥的腰際插了一把手槍，手槍裡當然塡滿了子彈。副駕駛座上放了一把霰彈槍，那可不是巡警的標準配備，而是老警察從一個毒販窩裡抄出來的好東西，今晚稍早，他特地從證物室「借」了出來。

老警察將車熄火，拿著霰彈槍下車，走進小巷。

巷子底，只有一個光頭大漢蹲在門口抽菸。

……真是太瞧不起人了。

「嗨，老兄。」光頭男隨意看了老警察一眼，沒好氣地問：「來拿這禮拜的份？」

「拿你娘。」老警察朝光頭男的眼睛上就是一槍，砰！

補子彈，轉開門，關上門，老警察走下地下室的階梯。

巷子口。

站在巷子口就可以聽見從賭場深處傳來可怕的槍響，霰彈槍替換彈匣的聲音就是死神的節奏。斷斷續續的槍聲一直沒停，可見防彈背心起了多麼美好的作用。或者，可見這群經營賭場的王八蛋有多自以為是，竟然粗心大意到了這個程度。

十五分鐘後，其他正常一點的警察才姍姍來遲。

老墨的地下賭場裡，賭桌上除了籌碼跟撲克牌，還躺了好幾具屍體。

三個圍事的保鏢反應不及，全掛了。被禁止攜帶武器的二十三名賭客，當然也無一倖免。賭場裡，只有一個人還活著。而這個人，可不是今晚替天行道的大英雄老警察。

「老兄，你叫什麼名字？」一個看起來睡眠不足的警察在現場簡單問話。

「我叫勞恩……勞恩．波特曼。」這個年輕人看起來驚魂未定。

「你知道這裡是賭場吧？」

「知道。」

「你在這裡做什麼？」

「我在……發牌。」

「所以說，你在賭場工作，沒錯吧？」

勞恩．波特曼點點頭。

搞什麼？這個警察也來收過幾次錢，他親眼看過的，幹什麼裝傻。

「是就說是。」

「是。」

「剛剛賭場發生什麼事？」警察皺眉。

還看不出來嗎？

「那個……穿著防彈背心的警察，一進賭場就開槍，他知道誰是保鏢，所以一開始就先殺了他們，然後對著每一個人開槍。」

「嘿老兄，聽清楚了，他穿著警察制服，不代表他就是警察，了解？」

「是。他就是一個穿著警察制服的瘋子。」勞恩．波特曼感到很不自在。

「就他一個人？」

「是，他只有一個人，但他很冷靜，等他一開槍，大家就開始跑來跑去，可是他擋在門口，完全沒有動，他就是一直站著……是，他光站在那裡就只是塡充子彈，然後繼續開槍。」勞恩．波特曼有些語無倫次：「大家都太……太害怕了。」

「那你爲什麼還活著？」

「我……我也以爲自己死定了。我一開始就嚇得完全不敢動，我就只是眼睜睜看著大家被他一個人殺死。」

「幹什麼不做一點什麼……什麼什麼的，阻止他殺人呢？」

這算哪門子的問題？

「我只是一個發牌的。」勞恩．波特曼用力抓頭。

「只是一個發牌的？隨便，跟法官說吧。所以到底又發生了什麼事？」

「……他一直殺一直殺，最後那個瘋子的子彈剛剛好只剩下一顆，他想了想，問我在賭場幹嘛，當時我嚇得完全說不出話，他突然自顧自地說，他看過我幾次，說我只是一直發牌，這輩子永遠都不會有前途的，然後就把槍管從我的鼻子上移開，放在他的嘴裡。」勞恩．波特曼看著地上的老警察屍體，牙齒還在喀喀作響：「接下來就這樣了，我聽見你們開門，叫我把手舉起來的聲音，才整個人清醒。」

「所以他沒殺你，只是因爲同情你沒前途？」這警察問得很隨便，隨便透頂了。

勞恩．波特曼卻沒心神發怒，今天晚上能夠活下來，他似乎應該對一切充滿感恩。

「……我想是因爲子彈只剩下一發了。」

「他自殺前有說什麼嗎？」

「他說，你們很快就會來了，要我跟你們說……」

「說什麼？」

「他說，你們通通都拿了這裡的好處，比壞人還壞，通通去死。」

現場的幾個警察你看我，我看你。

「……見鬼了胡說八道什麼？」一個資深警察對著地上的屍體啐了一口痰：「那種話不必紀錄，我敢說，這一定是這個發牌的臨時瞎編的。」

所有現場的警察都看向勞恩．波特曼。

勞恩．波特曼吞了一口口水，他知道，如果他堅持這句話曾經是行凶者的最後遺言，今天晚上他在警局過夜，絕對看不到明天的太陽。

「我記錯了。」

「所以他把自己腦袋轟掉前說什麼？」

「沒說什麼，我嚇傻了，只聽到爆炸聲。」

「你確定？」

「是的，我確定。」勞恩．波特曼深呼吸，慎重地說：「長官，我很確定。」

此時黃色封鎖線外傳來激動的喊叫聲，隨即一個淚流滿面的年輕人從警察的推擠中衝向地下室，引起一陣騷動。

「我哥哥在裡面！我哥哥在裡面！我要進去！」這年輕人穿著連鎖比薩店的制服，完全不顧警察的制止，他的脖子很快就被勒住，臉色發青，卻還是執意往前推擠。

正在現場做筆錄的警察看了這個被同僚及時架住的年輕人，示意放開他的瞬間，這年輕人馬上對著勞恩．波特曼大叫：「哥哥！你沒事！」

勞恩．波特曼精神一振，衝向這個臉上都是焦急淚水的年輕人，兩人緊緊相擁。

「你沒事眞是太好了！我剛剛騎車過來，遠遠就看到一大堆警察……你沒事眞是……感謝上帝！這裡到底發生什麼事啊！」穿著連鎖比薩店制服的年輕人又抱又叫，一拳打在哥哥的胸膛上。

「你現在才到，那才眞是太好了！」勞恩．波特曼用力拍著弟弟的背，對著肩膀又一陣胡亂敲打：「該死的！感謝聖母瑪利亞！你這該死的小王八蛋遲到真是太好了！太好了！以前你送外賣到這裡……可是從不遲到的啊！」

又哭又抱又吼又叫中，勞恩．波特曼迅速向弟弟說了一遍賭場裡發生的慘劇，這一次，他說得比較詳細，又加上了各種手勢，首先是大家都沒真正注意到的門外槍聲，接著那個老警察從樓梯上下來，朝哪裡開了第一槍，誰先倒地，誰想躲在桌下但還是被打爆……血從這裡噴過來，子彈從那裡飛過去……

「你真是太幸運了，死裡逃生！」波特曼弟弟驚呼。

「還說！你才是！你要是按時把比薩送到的話，你就死定了！」波特曼哥哥用力搖晃弟弟的肩膀。

「真的！幸好我在上上一個路口被一個喝醉酒的混帳撞倒了，比薩掉進了水溝，害我又回店裡重新裝了幾塊，要不然……我的天啊！我真是難以想像！」

「天啊！那個喝醉酒的混帳真是你的守護天使！」

「不可思議！我還氣得踹了他幾腳！哈哈哈哈哈我踹了我的守護天使！」

「哈哈哈哈哈哈哈哈哈！」

這一番對話，令幾名警察在現場聽得面面相覷，嘖嘖稱奇。

這個在賭場裡擔任發牌的哥哥，因行凶者的霰彈槍子彈快用光了，而逃過一劫。

那個如往常送比薩到賭場的弟弟，在來程的路上發生意外，也躲過了劫難。

兩個兄弟，同時在這個生存率超低的屠殺現場，與死神擦肩而過……

一個現場最高階的警察回到警車裡，撥了一個電話。

半個小時後，兩部黑色轎車抵達現場。

所有警察都低下頭，裝模作樣地靠邊站。

「就是他們嗎？」

「就是他們，半年前我見過一次。」

「別看他們，被叫去做事很倒楣的。」

「聽說他們老是抽菸。」

「不是聽說，是眞的。」

幾個身穿黑色西裝的男女一下車，就點菸。

菸不離手，也不間斷。

黑衣人逐一翻看凶案筆錄，圍成一圈抽菸，在煙霧繚繞中交頭接耳。

一個黑衣人將筆錄還給畢恭畢敬的警察後，老墨的地下賭場屠殺事件筆錄裡，馬上塗銷了生還者的所有口述紀錄——這是一個無人生還的最糟糕現場。

摸不著頭緒的波特曼兄弟，都給請上了黑色轎車。

「你們是誰？我們……我們要去哪裡？」波特曼弟弟不明就裡。

「我只是一個發牌的，我眞的只是一個發牌的！」波特曼哥哥感到不安。

負責開車的黑衣人，在車子裡依然故我地抽菸，古怪卻不討人厭的菸氣漲滿了整台車，爬上了波特曼兄弟迷惘的臉上。

「去另一個，更精采的案發現場。」

4

沒有黑色頭套罩頭，沒有黑色布條遮眼，沒有手鐐腳銬，更沒有威脅恐嚇的多餘言詞，只有一架黑色直升機，以及一路顛簸的昏睡。

在沒有地景差異，毫無方向感的天空中飛行了好久好久，直升機終於降落。

這裡是沙漠，一個可以將一切吞沒的超巨大沙漠。

狂風沒有停過，停機坪有一半都給埋在土黃色砂粒裡頭，停機坪上負責接應的，是穿著白色連身制服的不明工作人員，透過與黑衣人的簡單交接，剛剛下直升機的波特曼兄弟被帶領到停機坪下方的一個通道，進入一座電梯。

電梯一路往下，面板上沒有任何數字，只有開門跟關門兩鍵，過了很久電梯都沒有停止下沉，波特曼兄弟面面相覷，根本不知道下沉到什麼地方，只能憑感覺推測——這是一個極可怕的深度。

誰也料想不到，在這個沙漠底下「儲存著」另外一個世界。

電梯終究得停止往下，卻沒有馬上打開門，而是被整個橫移，波特曼哥哥察覺到底下似乎有軌道移接的聲音，果然電梯開始橫向輸送。又過了很久，電梯開始上升，不，不是上升，而是被某個機器裝置給鉗住，然後往上轉放到另一個地方。

這是什麼樣的工程？人類有辦法在沙漠底下有建築這麼大的空間？

「我們是來到傳說中的51區嗎？」波特曼弟弟看著哥哥。

「是嗎？這裡是研究外星人的……秘密基地嗎？」波特曼哥哥自問自答。

一起搭電梯的兩名白衣人沒有回答，只是報以友善的微笑。是的，這兩名白衣人的身上掛滿了世界上最先進的特種部隊武器，厚實的肌肉撐起了特製的防彈纖維服，他們有本事不回答訪客的任何問題，只要微笑就足夠應付電梯裡發生的所有狀況。

「我有幽閉恐懼症，再不出去這裡我一定會發瘋。」波特曼弟弟開始搓手。

「至少告訴我們，還有多久這該死的電梯才會打開吧？」波特曼哥哥拍拍弟弟的頭，試著緩和他越來越不安的情緒。

從紐約的暗巷到這不知名地點的大沙漠底，這漫長的一路上，波特曼兄弟沒有停止過這個問題：「我們到底要去哪裡？」每次都得到莫名其妙的答案，以及愛莫能助的表情。真是夠了。

現在，電梯打開，他們終於來到了可以得到答案的地方。

一個灰色水泥打造的房間。

明亮寬敞，有十張沒有靠背的椅子。

椅子上坐著八個人，波特曼兄弟一坐下去，這個房間終於滿了。十個人年紀不一，眼神裡卻有著清一色的恐懼與不安，明顯都是剛剛來到這裡不久的人。波特曼兄弟兩人用眼神互相打氣，至少，不管到了哪裡，他們都能夠互相扶持。

房間的主持人是一個和藹可親的中年男子，穿著有如蝙蝠的黑色長大衣，戴著粗框眼鏡，梳著一頭整齊的褐色油髮，下巴鬍子與兩鬢鬢角都刮得乾乾淨淨，身上還有一股淡淡的麝香香水味，充分給人一種成熟男子的信賴感。

「你們好，首先很遺憾大家被送到這裡，此時此刻每一個坐在這裡的人，都是剛剛經歷過人生重大的災難，與至親訣別，與死神擦肩而過，心裡一定都忐忑不安吧？那麼，究竟為什麼大家在這裡齊聚一堂呢？」中年男子笑笑說道。

他溫暖的眼神，不疾不徐在每一雙眼睛上逗留了一點點時間，給了適當份量的重量感。只這一段話，中年男子就讓大家的心跳漸漸慢了下來。

「這裡，是一個叫蟬堡的地方，位於沙漠底下的一個大型實驗基地。」

微笑，自己點點頭，像是嘉許大家情緒上的穩定，中年男子進入了正式的介紹。

「在蟬堡，只有三種人。第一種，叫鷹群，負責蟬堡所有的制度設計，以及最重要的——管理。如你們所猜測，我也是鷹群之一，你們叫我老鷹就可以了。」這個黑衣人，不知道在這個房間裡說過多少次一模一樣的台詞。

一隻手顫顫巍巍地舉了起來。

老鷹看了舉手的人，是波特曼弟弟。

「請說。」老鷹嘉許的眼神。

「你說……這裡是一個大型實驗場，你們把我們抓過來，到底想實驗什麼？」波特曼弟看起來很壓抑，他似乎知道不該對老鷹生氣，卻對現在的處境感到很憤怒。

「因為這裡沒有任何的道德限制，所以我們什麼都想實驗。」老鷹笑咪咪地說，但有說跟沒說一樣：「當然了，你們自己想在裡面實驗什麼，也請盡管按照你們的想法隨心所欲，不要客氣。唯一的限制就是——你能做到嗎？」

你能，做到嗎？

這是，什麼意思？

老鷹微笑，繼續勾勒蟬堡的輪廓：「第二種人，叫K組，是Kill的縮寫，意指掠食者。被編制到K組的人，將在幾乎一無所知的情況下進入蟬堡。除了不能攻擊鷹群外，K組在蟬堡裡擁有所有一切的自由，就跟你們一樣。」

十個人都感到很困惑。

「第三種人，叫F組，是Food的縮寫，當然就是食物的意思。也就是你們。比起K組，F組更幸運的是，在進入蟬堡之前，F組擁有鷹群對你們的行前教育，時間長達三天。這三天裡，請盡量吸收關於蟬堡的資訊，以及增加對夥伴彼此的了解，當然了，也請大家充足地保持高品質的睡眠，我們也會提供營養均衡的食物，以及各式各樣的健身器材，提高身心活力。」

這裡唯一的老人舉手了：「爲什麼我們被叫作食物？」語氣頗爲忿忿不平。

「是這樣的，在你們進來前，我們鷹群必須對要進入蟬堡的住客做出判斷，是要分在K組呢，還是分在F組。別誤會了，我們基本的判準不在於強弱，而是在於屬性。來客的屬性是偏向攻擊，或是……免於被攻擊。」

從剛剛就一直發抖個不停的小彼德，此時慢慢抬頭，看了老鷹一眼。

老鷹報以鼓勵的微笑。

「K組多半是連續殺人魔、暴力成癮者、狂熱的邪教擁護者、人肉愛好者、犯罪中毒者、超能力者、思想虐待狂、獸化症患者、特殊病毒感染者、不完全人類等。」

老鷹娓娓道來，推了推眼鏡：「反之，就歸爲F組了。」

大家聽了剛剛對K組的描述，簡直難以置信，有些古怪的名詞乍聽之下根本聽不懂老鷹在說什麼，十足陰森這一點卻是毫無疑問。

「不過也請各位不要妄自菲薄，並不是尋常人都能夠經得起F組的篩選。F組的獲選人，都是災難的劫後餘生者，你們或者出於單純的幸運，或是擁有特別傑出的逃脫技術、出人意表的躲藏才能，還是擁有跟暴徒談判的好本領、臨機應變的智慧反應，等等。」老鷹豎起大拇指，熱烈地說：「你們都是傑出的逃生專家，恭喜你們加入實驗！」

波特曼哥哥怒道：「恭喜什麼！恭喜我們被扔進去，跟一堆殺人魔住在一起！」

老鷹馬上點頭，握拳笑道：「一點也沒錯，請各位務必發揮你們所有的求生本領，奮戰到最後一刻！」

大家都傻眼了……這一點都不是安慰啊。

「老實說，不管是K組還是F組，在進去蟬堡之後就沒有眞正的分別了。有時候掠食者自己廝殺得尤其厲害，而食物自己也有機會活出全新的可能，觀察以上種種混亂而不穩定的變數，就是蟬堡主要實驗的目的之一。」

老鷹懇切的語氣，聽起來特別諷刺：「請幫蟬堡，完成研究。」

角落傳來一聲冷笑。

「你們讓我像鬧劇一樣逃過死刑，就是爲了把我送到那種地方，再死一次？」

說話的，當然是一臉蒼白的皮林。

他萬萬沒想到，因爲毒針劑量算錯，導致自己忽然在停屍間醒來之後，他還摸不著頭緒就被送過來這裡。直到現在藥物作用的後遺症還存續著，皮林半邊臉都還是麻的，嘴角不停流出唾沫。

「不一定會死的。根據應該可靠的數據顯示，F組的成員在進入蟬堡三天後，能夠倖存下來的比率大約是百分之三十七，所以請注意了，前三天是關鍵期，竟然有多達三分之一的食物能夠安然度過初期震撼，請一定要盡全力活下去。即使是十天後的生存率也有百分之七。」

「百分之七！」波特曼弟弟大叫。

「是的，我們稱之爲，惡魔選擇的百分之七。」老鷹微笑釋疑：「每隔十天到十三天，鷹群就會補新一批的F組成員進去……」

老鷹指著桌上一大堆的奇特雜誌，滔滔不絕地說下去：「這些參考數據，都已經寫在這一系列《吃人的社會》的雜誌裡面，這本雜誌是蟬堡社群內部自己發行，所以請好好判斷內文裡故意誇大的資訊，或特別聳動的報導，可能都是一面之詞或刻意的誤導。無論如何，都是蟬堡本身對自己進行的深度側寫，非常有趣，雖然很受歡迎，但發行量有限，畢竟材質特殊，哈哈，就連我們鷹群自己也是《吃人的社會》的熱烈支持者呢！」

那幾本《吃人的社會》雜誌，書皮與內頁都是人皮縫製而成，其圖案就是人體本身的刺青，光是觸感就讓人不寒而慄。一本本放在桌上，好像一具具屍體的延伸。

不能夠生存下去的，就會變成下一本雜誌的用料嗎？

「等等，我，我只是一個車禍沒死成的人，而且車上還有其他人也沒死，這樣也算……很會生存？你們是不是弄錯什麼啦？」

說話的，是一個大學生模樣的女生，也是這個房間裡唯一的東方面孔。

這個東方女孩看起來很無奈，也很急切，為自己不該出現在這裡努力奮戰著。

「妳是……陳思如小姐。」老鷹翻著資料，點點頭。

生存分數是55，的確是滿低的分數。

「一個禮拜前，妳跟一起旅遊的三個朋友在緬因州的高速公路上發生了車禍，兩個人死了，妳跟男朋友活了下來。嗯，但是妳的男朋友斷了一條腿，肋骨也斷了好幾根刺傷了肺部，妳只有輕微的挫傷，經過我們初步的治療，妳痊癒得很好。比起來，妳才是我們想要的人。」老鷹說的方式，好像是國際大公司給了陳思如什麼好機會似地。

「好！從之前我就一直問，從我被送上直升機，就一直問，問到現在都沒有人回答我！你仔細想，我一個人被送到這裡，我男朋友難道不知道嗎？他難道不會起疑嗎？」陳思如小姐的英文原本就不太流利，這一憤怒，話又說得更不清楚了：「我，告訴你們，我男朋友醒來後，一定會想辦法報警，他一定會用盡所有的辦法找到我！你們！會被找到！會被繩之以法！」

說到一半，陳小姐的眼淚已經淌滿了整張臉。但她的眼淚並沒有感動到現場任何人，這裡的每個人，其際遇都比她糟糕太多，且聽到蟬堡大概是一個什麼樣的爛地方後，每個人都沒有多餘的同情心給一個下場跟自己可能沒有兩樣的女孩。

報警？老鷹在心裡嘆息。

陳思如，或者說，房間裡這些人的生還資料大多是警察、聯邦調查局，或是國安局等等的聯合資料庫主動提供的，雖然警察並不知道他們每個月進貢這些生還者跟殺人犯，是要進貢到什麼地方，但這些警察明確知道自己的業績壓力，來自一個權力遙遙凌駕在其之上的神祕機構。

警察，不是蟬堡的人。充其量不過是蟬堡的狗。

但老鷹沒有打算嘲笑陳思如，他深知她的無知不是她的錯，她會出現在這裡也不是她做錯了什麼。一切都是命運，是莫名的命運帶領著她，來到這個道德沒有意義，死活沒有極限的黑暗世界。

而究竟是什麼樣的命運之力將這些幸運的倒楣鬼邀請過來，也是蟬堡的重點實驗項目之一。

「就是因爲如此，所以我想妳的男朋友，現在已經死了。」老鷹壓低聲音，模擬出同理心的語氣說：「我建議妳將所有的專注力集中在自己身上，集中在這群夥伴身上，才能增加妳的生存機會，而不是指望妳的男朋友在千里之外爲妳奔走。」

陳思如呆住。

但沒有人看她表演呆住之後還繼續著什麼表情。

「我不懂，我爲什麼被分配到F組。我可是，殺過人的地下拳擊手。」

一個粗壯的黑人咬著拳頭，拳頭都給咬出血了。

比起其他瘦弱的、年老的、纖細的人，這個年約三十五的壯碩肌肉男出現在這個房間裡，的確是太過突兀了。好比羊群裡的一批狼，連羊皮都懶得披了。

「我看看你的資料……蕭恩先生，嗯，我了解了。」

生存分數，50，當然不高，但也不是非常低，而是一種無法度量的基本幸運。

「蕭恩先生，你的確是一個優秀的地下拳擊手沒錯，但那天晚上你的仇家找上門，姦殺你的老婆跟四個女兒，還把你家的狗的頭給砍了丟在床上。但是你卻不在家，僥倖逃過一劫呢！我們覺得你這份幸運很了不起，所以聯繫到你之後，便請聯邦警察將你的資料登記成被匪徒挾持而失蹤，讓你可以參與蟬堡的計畫。」

「我不是食物。我不是誰的食物！」蕭恩的眼睛簡直快噴出火來，咬牙切齒：

「放我出去，我要殺了那些王八蛋！」

「請不要激動，要出去報仇也不是不可能，根據蟬堡的歷史紀錄，總共有十一個人曾經成功脫逃，其中第十一個人還是在上個月締造新紀錄的大明星呢。」老鷹露出有點言不由衷的苦笑表情：「所以蟬堡並非密不透風，只進不出的地方，請好好培養你的戰鬥實力，開創你對逃脫的想像力，努力突破一切的既定限制。當然了，要突破蟬堡，就非得打破不能對鷹群動粗的規則呢哈哈哈哈……我個人是不太建議這個選項！」

「等等。」波特曼哥哥打岔：「你是說，要離開這裡的方法，只有逃出去？」

「是的，因爲蟬堡的設計，就是讓你們在這裡永遠接受各式各樣的實驗，不是一個大型的逃生遊戲牢籠。我們不期待你們逃走，但逃走是被接受的，因爲如何逃走是最有價値的實驗之一。」老鷹解答。

死亡的方式，可是蟬堡裡重要的每日縮影，當然要請每一個住客好好貢獻。

「不好意思，我想請問，如果我們不打算逃走，有沒有別的離開這裡的方法？」唯一的老人又舉手了，語氣比之前要虛弱了十倍。

老鷹搖搖頭：「沒有。」

「生存一個月也不夠資格離開嗎？」波特曼哥哥氣呼呼地問。

「有人在蟬堡待上二十二年，都沒能離開。」老鷹的語氣充滿了讚歎。

「二十二年！」大家面面相覷。

「二十二年，每一天都沒有僥倖。」老鷹微笑，認眞鼓舞大家：「雖然蟬堡非常巨大，但終究是埋在沙漠底下的封閉式建築，即使活下來，也要面對幽閉恐懼症，面對沒有陽光照射的健康問題，二十二年，活著的每一天都不是僥倖。而且，據說還持續締造新紀錄中！」

地獄。毫無疑問，是地獄。

勾勒蟬堡的地獄圖像，增加F組的初期生存機率，是老鷹的業務責任。爲了活下去，或者，爲了多活幾天，老鷹繼續說，大家也只能壓抑著恐懼與怒火把這一番鬼話給聽下去。

蟬堡，沒有地圖。

蟬堡的空間有多大，位於沙漠地底有多深，形狀基本上是哪一種幾何構造，有幾個出口，這些基本資料是絕對機密，不能讓F組知道，以免間接被K組的成員知悉。

居住的區域上，K組基本上跟F組是分開來住，部分的F組房間都緊緊相鄰，方便F組聯合防守，但彼此容許互相侵犯，這也是鷹群的希望。每個房間的門牌上，都會寫著F或K的提示，房間裡的佈置與裝飾隨個人喜歡，但不允許私自換房間。擅自換房間卻不被發現換房間者，當然不在處罰範圍之內。

房間裡當然允許戰鬥。

基本上任何地方都允許戰鬥。戰鬥致死也是理所當然的。

鷹群提供最好的醫療服務，醫療範圍不限戰鬥，同時也包含各式各樣的生理疾病，但不包含精神治療，應該說各式各樣的精神病正是蟬堡不可或缺的娛樂。鷹群每天提供的醫療資源有名額限制，並且以交易形式與蟬堡住客進行，蟬堡住客能與鷹群交換的東西主要是情報，其次是為鷹群執行特殊任務。

鷹群不提供武器，雖然蟬堡裡面充滿各式各樣的武器。刀械槍彈都有。由於鷹群不可能偷渡違禁品給蟬堡住客，任何武器在蟬堡裡都是相當離譜的「忽然存在」，至於已經出現的武器，鷹群不主動沒收，視為「既存在，便合理」。

鷹群每天在公共食堂，提供足夠所有蟬堡住客食用的食物份量，營養均衡，但公共食堂並沒有區分K組或F組的座位區，這點請各位務必小心注意。

每天晚上都有宵禁時間，宵禁時房間門會自動上鎖，宵禁時段禁止任何人出現在走廊、公共食堂、公共澡堂、交誼廳等任何公共空間，以提供F組休息，增加F組生存的機率。違反宵禁的人要接受鷹群的處罰，處罰的內容可能致死。但違反宵禁卻不被發現者，當然不在處罰範圍內。

附帶一提，除了攻擊鷹群這一條罪之外，蟬堡並沒有事後處罰的制度，畢竟蟬堡是一個觀察犯罪行為的實驗所，犯罪是受歡迎的，打破戒律是值得喝采的，唯有鷹群的安全不容挑戰。

蟬堡裡允許一切交易的形式。

外界的貨幣在蟬堡裡毫無價值，實際用來交易的東西是各式各樣的貨品，跟自己不能、或不想、或沒時間辦到的事。其中理所當然包括了刺青服務、承諾、性愛、服從關係、第三人的友情、生命安全的保護、獵物的佔有優先順序等等。

「所以，要活下去，除了戰鬥，除了躲藏，也請多多考慮跟K組交易任何可以保護你們的力量。即使你是戰鬥的頂尖強者，想在蟬堡裡無止盡地待下去，你也必須具備戰鬥之外的生活技能、生活必需品、娛樂產品、有趣的零食，與令人拍案叫絕的好奴隸等等，早點學會交易，是在蟬堡永續生存下去的不二法門。」

老鷹一邊詳盡解說，一邊特別注意最角落裡的男孩。

那個擁有一頭金黃色頭髮的十七歲男孩，臉色蒼白，脖子很細，頭垂得很低，卻掩藏不住他兩隻瞳孔裡的淡淡綠色，以及綠瞳背後的深層憂鬱。好像，還蹲坐在大海上。還蹲坐在，某種無法跟人分享的回憶裡。

生存分數，99。

是這個梯次一共三個房間裡，生存分數最高的特異類。

資料上顯示，這個叫作狄理特的男孩，是在一艘大型貨櫃船上被發現的。當時貨櫃船已經失聯了兩個星期，航警登船檢查時，船上八十四個船員都死了，離奇的是，每個船員的屍體裡毫無任何血液，像是被不明力量給抽成了乾屍，但屍體上沒有任何的咬傷，估計不是吸血鬼幹的。

到底船上當時發生了什麼事？遭遇了什麼樣的敵人？或是感染了哪一種病毒？只有八十四具乾屍表示了絕佳的沉默。

至於狄理特，一個沒有身分證明的男生，是那艘貨船上面唯一的生還者。他除了顫抖與重複自己的名字外，並沒有多說一句話。

狄理特接受了聯邦調查局精密的身體健康檢查，結果並無任何過人之處，肌力普通，腦波正常，心跳一般，血液數值毫無需要注意之處，也沒有遭受到任何病毒感染。當然了，除了皮膚蒼白之外，狄理特對陽光也沒有產生傷害或過敏反應，遠遠不是鷹群最初懷疑的吸血鬼。雖然是吸血鬼的話也是很好的收穫，截至上個月爲止，蟬堡裡至少現存了七頭吸血鬼。

爲什麼只有這個毫無特殊的男孩能夠生存？

不，這個男孩絕非毫無特殊。

不管當時貨船上發生了什麼恐怖的事，狄理特存活下來了，這是不爭的事實。八十四個人都莫名其妙死了，只有狄理特一個人活下來了，這是機率的現實。這個世界上沒有眞正的奇蹟，在奇蹟之外，還有很多神祕的解釋等待被蟬堡發現。與其等待狄理特能夠說出發生在他身上的謎底的那一天，不如邀請他進入殘酷的蟬堡，看看他如何在一堆怪物中間拚命撐住一口氣，如何死裡逃生，如何窮極一切抵抗，答案就會無比清楚。

到時候，就可以知道。

狄理特綠色的瞳孔背後，除了憂鬱之外，還隱藏了什麼……

5

內華達州，綠石鎮。

幾個月前，這還是一個民風純樸，安詳和樂的南方基督教小鎮，被充滿甜甜香氣的玉米田緊緊擁抱著。在這裡，少的是煩惱，多的是微笑。

今天，天一亮。

啵。

整個……大混亂。

整個綠石鎮陷入前所未有的大混亂。

「啊啊啊啊啊啊我的臉！我的臉！我的臉爲什麼變成這個樣子！」

「我在誰的床上！啊！瑪利亞！妳怎麼會在我旁邊！」

「不是吧！這個肚子是怎麼回事！等等……我的老二呢！我的老二呢！」

「是誰！是誰搞的惡作劇！我的臉在誰的臉上！在——誰！的！臉！上！」

「不可能！上帝！這一切都是不可能的！」

「爸！我的臉不見了！我的臉……不！見！了！」

「誰是你爸！操你媽的滾遠一點！我要拿槍了喔！滾遠一點！滾！」
「啊？這不是山德樂的臉嗎？我還在作夢吧？這肚子又是怎麼回事？」
「天殺的佩妮！把我的臉還來！把我的身體還來！妳做了什麼！」
「我不是佩妮！我是約翰啊！種鬱金香的那個約翰啊！」
「惡魔……惡魔……這個鎮已經瘋了！」
每個人。男的，女的，老的，少的，每個人，早上一睜開眼皮，通通都「醒」在別人的身軀裡，驚訝著自己身處的周遭一切——一切面目全非！
尖叫聲，慘叫聲，崩潰聲，聲聲不絕。
破曉時剛剛才接管了透娜一家慘案的「不知名組織」黑衣人們，被鎮民的恐懼聲浪震撼不已。十輛神祕黑色廂型車組成的臨時犯罪研究中心，馬上要面對的，竟不是製造慘案的凶手，而是上千名自稱腦袋被偷竊、被調換、被擾亂的鎮民，這些鎮民個個在大街上咆哮，亂吼鬼叫，對每一個看似眼熟的街坊鄰居都充滿敵意。
街上沒有小爭執，只有大吵架，妳抓著他的腦袋大喊把頭還給我，他勒著她的脖子大吼休想偷走我的人生，所有人都怒氣騰騰，所有人都是所有人的仇家。
只有一個人比平常還要快樂一百倍！
「哈哈哈哈哈哈哈哈眞的好好笑喔！大家都變得超級好笑的啦！」

小魔星喬洛斯在家家戶戶的屋頂上快跑著，手裡還緊緊踐著一隻大花貓的尾巴，一邊甩一邊哈哈大笑：「注意啦！貓屎大爆炸！」

大花貓隨即像砲彈一樣被扔下屋頂，砸中雪莉老太太的臉……至少外表是雪莉老太太的那張臉。

今天眞是喬洛斯有史以來最不受綠石鎭民注意的一天，鎭上每個人都忙著討回自己的人生，沒人眞正有空理會喬洛斯的惡作劇。

於是有人家的屋頂再度被燒了。有人家裡的大卡車被開進了游泳池。教堂上的十字架被折斷、插在別克校長家的花園裡。一個正在大發雷霆的七歲小孩跟兩個超過八十歲的老先生老太太，都分別被喬洛斯暴打一頓。

暴動之外。

十七名黑衣人，十七支菸。

身爲「鷹群」的前線特遣小組，這十七名黑衣人，即使在這個世界上看多了奇怪的事件……尼斯湖水怪在上個月發生第七次突變後再度逃逸，喜瑪拉雅山雪怪操縱暴雪攻擊科學家營地，緬甸滅村巨蛇離奇消失在監視範圍內，百慕達無解迷霧中疑似有外星人建立基地，雲南在一個禮拜內傳來幾百起人體自燃目擊報告，吸血鬼餘孽持續在歐洲暗中從事納粹活動，等等，但整個小鎭幾千顆腦袋一起被調包腦袋這種事，還是非常震撼。

這次的任務首領，代號「鐵鎚鷹」，在煙霧繚繞中感覺到很不尋常。

「老大，這次有可能是來自裂縫的蟲洞效應嗎？」紅髮女子也叼著菸。

「暫時還看不出來。」

鐵鎚鷹對成員的草率判斷感到不滿，雖然這的確是可能性之一。

眼前的亂象，到底是……

「想想西非，說不定又一種新型病毒。」鐵鎚鷹的眼皮一直跳。

十七張臉同時一震。

西非！

第一個出現在鐵鎚鷹腦海裡的念頭，是四年前在西非爆發的一種記憶退化症病毒。當時這種新病毒，能在一個小時內抹除患者大約一年內的所有記憶，病毒傳染的機制不明，飛沫、禽鳥、家畜、性交、昆蟲叮咬、植物花粉等等傳統傳染途徑都被排除，而且沒有任何一個患者回復記憶，無法防範也無法治癒。

幸好這種古怪的病毒傳染的速度很慢，當「黑衣人組織」介入處理的時候，僅僅有四千人受到感染，黑衣人爲了防止這種病毒的擴散，只保留了十名患者留待蟬堡的科學家繼續研究，其餘四千名患者則理所當然在「防堵疫情擴大」這個大前提下，成了炸藥爆破下的塵埃。

……那次的災難，可眞是大豐收！

要知道，如果能研究出如何應用此病毒基因裡記憶退化的機制，消除以一個國家爲單位的敵人長達一年分的記憶，那會是多可怕的生化武器！

「看樣子，這次也會是大豐收吧！」一個光頭黑衣人感到振奮。

「雖然不一定眞是病毒，但沒弄清楚狀況以前，先跟這些鎭民保持距離，免得他媽的倒楣被傳染。」留著金色大鬍子的黑衣人的表情很嚴肅。

只要有一丁點病毒傳染的可能，鐵鎚鷹就必須做出城鎭級的隔離決定。

立刻，馬上，刻不容緩。

「通知國土安全部，我們必須對綠石鎭做出級別最高的隔離處置。」

「是！長官！」

黑衣人下屬忙碌之際，鐵鎚鷹點燃新的一支菸。

今天，會很漫長。

所以……透娜家滿屋子死人的慘案，並非是什麼凶手所爲，而是一群腦袋被掉包的人因爲想奪回「自己的腦袋」而產生一連串的誤會導致的悲劇嗎？

鐵鎚鷹感覺，情況並非如此單純，但的確有跡可循。

串連起之前發生在綠石鎮上的「麥克醫生徒手扭斷瑪麗與自己的脖子」、「馬克太太遭鎮民輪暴」、「馬克太太憋氣將自己窒息死」、「安妮女士遭輪暴」、「蒙特太太被槍殺」等案件裡，其中最讓鐵鎚鷹感到詭異的是一件記載於警局備忘錄的插曲——在馬克太太遭到輪暴、指控小肯尼與尤比兩個青年涉案之後，竟然有十幾個鎮民斬釘截鐵地爲這兩名涉案人提供不在場證明！

這些不在場證明提供者，如果不是集體說謊，就是記憶被扭曲了。

而現在，幾千個鎮民的意識都跑錯了腦袋，也可以說是，記憶被扭曲的另一種形式。

沉思間，鐵鎚鷹指尖上的菸灰越來越厚長。

如果意識跑錯了腦袋不是今天才發生，那麼，用同一種解釋套在最近這些慘案身上，就說得通犯罪的背後道理了。

仔細想想……如果……只是如果。

如果那些原本看起來很純樸的鎮民，日復一日過著單純的小日子，某一天醒來發現自己正在使用別人的身體，吃驚之餘，很快就想到可以利用別人的身體，去做平常自己只能想卻不敢做的壞事！而這些想做卻不敢做的壞事，可以想像大多跟「性犯罪」有關……

「長官。」金色鬍子黑衣人手裡的菸灰也很厚長。

「嗯？」鐵鎚鷹抬頭。

「抱歉打斷你的沉思，我只是想提醒你，絕對不要陷溺在單一推理的解釋系統裡。所有的疑問都可以在一個推理系統裡找到特定的答案，相互圓滿邏輯缺乏的部分，但不一定就是眞相。」金色鬍子似乎看出了鐵鎚鷹眼睛裡面的閃耀。

那種閃耀，是一種對答案的篤定。

那份篤定，如果無法成眞，就會產生巨大的危險。

「理解，你說得有道理。」鐵鎚鷹點點頭。

金色鬍子的經驗比他豐富，這幾年職位沒有上升，自有工作運氣上的原因，不見得是能力上的缺乏。這次的任務，他需要每一顆冷靜的腦袋。

「如果這是一種記憶混亂的病毒，那麼，也不能同時解釋爲什麼那個叫麥克的醫生會擁有這麼大的力氣，也不能解釋爲什麼那個叫馬克的女人，有那種毅力將自己憋死。」金色鬍子小心翼翼地提醒。

「知道。暫時還不能確定敵人是一個強大的犯罪個體，還是一種新型病毒，或許眞是還沒被我們發現的蟲洞效應之一，太過篤定的假設會變成任務的致命傷。不過，這個小鎭已經默默失序很久了，今天只是病徵的大引爆，我們無論如何得先將它封鎖起來。」

「是的長官。封鎖起來，再好好逮走！」

必要時用飛彈、用核彈將整個小鎮全數殲滅，是政府保護國民的選擇，但永遠不會是這些黑衣人的選項。

越危險的東西，他們越有興趣帶回沙漠底下，那個名爲「蟬堡」的地方。

其餘的才是政府、才是國家的責任。

如果不這麼做，這個世界就會被更巨大的危險給淹沒。

在那之前，那個名爲蟬堡的秘密深處，得盡其可能地吞噬所有可怕的危險。

吞噬。

吞噬。

吞噬……

6

噴水池邊，一個戴著牛仔帽的男人。

手指隨意一壓帽緣，灰粉陡落，意味著一路開車過來這裡的風塵僕僕。

眞是好笑，眞的是非常好笑，整個鎭鬧哄哄的好像在搞什麼慶典似地，但走了半天，整個小鎭找不到任何一間還有營業的咖啡店或餐館，連一台賣熱狗的小販車都沒有看到，到處卻都是嚷嚷著要尋找自己腦袋的人，砸車，裸奔，爬樹，燒草皮，一張張歇斯底里的瘋臉，神經病，白痴，智障，眞是好笑至極。

雖然又餓又累，但牛仔男的心情卻很愉快。

在這個亂七八糟的小鎭上，一定可以玩得非常開心吧。

嗡嗡嗡嗡嗡……

天空劃過好幾架直升機，螺旋槳的噪音讓所有正在找腦袋的鎭民都抬起頭來。

「清一色黑，嘻嘻，那些老鷹果然來了。」

牛仔男推了推帽子，獰笑道：「眞是一群後知後覺的蠢蛋。」

嘻嘻，雖然那些老鷹多的是笨蛋，但給那些老鷹一點時間去弄清楚這個小鎭到底怎麼了，最後再問問那些老鷹該去哪裡找「引發這種些怪事的那個超級怪物」，恐怕是最快的方法。

但，這個偷懶的方式，會不會太無趣了點？

人生那麼長，不把事情弄得複雜一點，怎麼有辦法把那麼多的時間打混過去？

在找老鷹麻煩之前，先搞點什麼餘興節目來玩玩吧。

說來就來，一台著火的警車失控地衝向牛仔男。

拔槍阻止不了警車，牛仔男只是翻了一個白眼，起身往旁邊一站。

就在著火的警車轟地撞上噴水池的前一瞬間，車上緊急跳出一隻猴子。

喔不，不是猴子，猴子不會笑得那麼賤，是一個身手矯健的臭小鬼，喬洛斯。

失控的警車翻了一翻，斜斜插在半毀的噴水池裡，火是熄了，卻冒出滾滾濃煙，不知道等一下會不會戲劇性地大爆炸。但即使是這麼亂七八糟的一撞，卻沒有人走過來關心一下狀況，這個小鎮至此是完全失能了。

沒有要找腦袋的喬洛斯興奮地走向牛仔男，這小魔星頭髮一半都燒焦了，左邊的眉毛還冒著煙，眼看這條眉毛是不保了，他還是一副樂不可支的模樣。

「嗨！醜男！以前沒看過你！」喬洛斯咧開大嘴，神氣活現地擺起步伐。

「是啊嘻嘻嘻，我不是鎮上的人。」牛仔男兩手一攤。

「來幹嘛！你也是來找腦袋的嗎！」

「不是，我是來讓某個人掉腦袋的。」牛仔男對這個小搗蛋鬼感到一點點興趣。這個趁著天下大亂，亂開警車到處亂撞的死小鬼，長大之後肯定也是個好瘋子。在去找那些老鷹麻煩之前，就讓這個死小鬼陪自己在這個小鎮上玩一玩？

「某個人是誰啊！」喬洛斯走到牛仔男面前，挖著鼻孔。

「還不知道。」牛仔男聞到燒焦的味道。

「醜男，你背後的槍是眞的嗎？」喬洛斯探頭探腦。

「你看見啦？當然是眞的。」牛仔男從背後腰際拿出雙槍：「不過你才是醜男，而且還不是一般的醜，你是今天早上我睜開眼睛以來看過最醜的醜男，如果你有辦法長大的話，一定還會變得更醜。」

「是嗎？你一定沒有看過別克校長，他沒穿衣服的樣子才眞是醜爆了哈哈哈哈眞的很好笑喔！那個陰囊皺巴巴的好大一袋！還被我踢到腫起來眞的好好笑喔哈哈哈哈嘻嘻嘻嘻！」喬洛斯自顧自笑得前俯後仰，突然眼睛發亮：「嘿醜男！你有兩把槍太多啦！給我一把！」

「好啊，你要拿來射誰！」

牛仔男倒是滿不在乎地將其中一把槍扔給了喬洛斯。

「哈哈哈哈哈哈你好笨啊當然是拿來射你啊！射你之後我就有兩把啦！」喬洛斯大剌剌對著牛仔男的肚子開槍，卻因爲沒有開保險，只聽見喀喀兩聲。突襲失敗的喬洛斯看起來有點氣惱。

「這麼吧，我教你開槍，然後我們來玩個遊戲怎麼樣！」牛仔男噗哧一笑。

「什麼遊戲！」喬洛斯的眼睛再度發出光芒。

「白痴小鬼！用槍玩的遊戲，當然是拿槍射人啊哈哈哈！」牛仔男哈哈大笑。

「我要開槍射人！我要我要我要我要！」喬洛斯大吼大叫，叫得臉都紅了。

「對啊！我們就來比賽開槍射人！看看等一下誰射中的倒楣鬼比較多，誰就贏啦！」牛仔男看起來很興奮，手邊馬上展示如何打開保險、將槍上膛的簡單動作，一邊教學，一邊繼續說：「因爲你實在是太醜了，所以我讓你啦，你只要有打中就可以了，打到哪裡都沒關係！我呢，我就一定要把對方射死才算數！哈哈哈哈哈這個規則眞是太爽死你了是吧哈哈哈哈！PARTY！PARTY！PARTY！」

「好啊！醜男！」喬洛斯看清楚了怎麼用槍。

砰！

牛仔男看著左邊小腿上冒出一個小黑洞，他一時吃驚得說不出話來。

和著碎骨，血汩汩流了出來。

喬洛斯笑嘻嘻地看著牛仔男。

牛仔男雙眼瞪大。

……自沙漠地底一路殺到沙漠表面，面對那些重裝戒備的老鷹，闖過重重關卡，用了好幾百顆子彈，就是沒有挨到一槍。是的，在那煉獄般的闖關中，連一點點子彈的擦傷都沒有。

在子彈的灼熱世界裡，牛仔男所向無敵已經很久了，然而在所向無敵之前，牛仔男歷經了槍林彈雨，身上到處都是千瘡百孔的槍傷，那是戰痕，也是勳章。但最近這幾年，連一滴滴子彈擦傷都沒挨到，可見全世界上兆枚子彈都向他默默臣服，他，認爲自己已經在某一刻領悟了傳說中的「槍神奧義」，受到死神邪惡的祝福。

而現在？

這個死小鬼一拿起槍就隨隨便便朝地上開槍……就如此稀鬆平常地，在這麼近的距離下，這死小鬼臨時起意的扣扳機動作，那根本無需醞釀的惡意，不，那甚至談不上是惡意，那絕對是一種喝水吐痰揉眼睛等級的、連起心動念都談不上的隨意！子彈，竟然輕輕鬆鬆摺開了牛仔男神級的防範，將他的小腿打出一個洞！

牛仔男手中的槍對著喬洛斯，瞪大眼睛。

「醜男！我得一分了！」喬洛斯哈哈哈哈哈大笑。

「臭小鬼，你到底是怎麼回事……哈哈哈？」牛仔男的眼睛笑得很兇狠。

搞屁啊，只要一發子彈，就可以將這個死小鬼的腦袋轟掉。

當然，馬上就可以讓他的屁眼含子彈慢慢死，也能多花一點子彈將他的四肢轟斷慢慢凌遲。牛仔男完全不介意虐待小孩。

「嘻嘻嘻哈哈哈哈笑死我了！你才是大醜男！落後一分的大醜男哈哈哈！」喬洛斯樂不可支，笑到眼淚都流出來了：「你的腳爆掉啦！超好笑的你又醜又好笑哈哈哈哈！」

「你說落後什麼？」

是啊，在這裡轟掉這個死小鬼，跟向他認輸有什麼兩樣？

牛仔男隨意往旁一射，極遠處一個正在馬路中央鬼叫的老奶奶馬上倒地。

老奶奶附近的一群鎮民原來還在鬼吼鬼叫，看見老奶奶莫名其妙中槍，槍手在哪卻連個影子也沒見著，嚇得瞬間鳥獸散。

「平手。」牛仔男淡淡地說，槍口還冒著煙。

「老奶奶又不一定死掉！」喬洛斯突然氣得大吼：「但我可是好好打中你了！」

「被我一槍打中心臟，當然一定就是死啊！」牛仔男嗤之以鼻。

「哈哈哈哈哈哪有一定會死啊！你眞的好笨又好醜喔哈哈哈！」

「走過去看，沒有死的話我馬上讓你再打一槍！」牛仔男冷笑。

「死掉的話我就幫你這個醜男打手槍！打到我的手爛掉！」

「……那就他媽的不必了。」

喬洛斯跑在前頭，一邊跑一邊尋找開槍的對象。

牛仔男在後頭慢慢走，他的左小腿痛到他咬牙直流冷汗，每一個腳步移動，都拖出一條顫抖的血痕。

「喂！你們這個破鎮雖然有夠爛，但還是有醫院吧？隨便的小診所也行，在哪？」牛仔男左顧右盼，心中暗叫不妙，他媽的這小鎮現在一團混亂，即使找到了診所，診所裡面的醫生該不會也碰巧丟失了自己的腦袋吧？

「妓女才會去看醫生，你是妓女嗎？得了性病嗎？你的醜雞雞會爛掉嗎！」喬洛斯尖叫：「不要傳染給我！爛雞雞！爛雞雞！」

「操！你的嘴巴怎麼這麼臭！」牛仔男有些惱羞成怒，這個死小鬼難道一點社會常識都沒有嗎？嘴巴比在沙漠底下的那群人渣敗類還壞！

「對啊！因爲我剛剛吃了一隻正在放屁的老鼠！噗噗噗！你要吃嗎醜男！」

「我操你媽的吃什麼老鼠！等一下去你家！叫你媽媽煮東西給我吃！」

「那你會順便操我媽嗎？」

「……那種婊子能養出你這種倒盡胃口的死小鬼，我操她一定會邊操邊吐，操！你媽一定超醜，陰道一定大到連保齡球都塞得進去，我才不要操她！」牛仔男啐了一口濃痰：「呸！」

痛，眞的快痛死了！挨子彈這種事不是第一次，卻永遠無法習慣，尤其是小腿被貫穿，完全是痛到神經深處了。一定要快點找到醫生，至少也要找到能夠讓自己挖出子彈跟消毒清創的工具，幾錠消炎藥跟抗生素，不然留下後遺症和發燒就麻煩了。

「你走好慢啊！瘸子！」喬洛斯蹦蹦跳跳，拿著槍往旁邊亂射：「死瘸子！爛瘸子！醜瘸子！不敢操我媽媽的爛雞雞瘸子！」

「……嘻嘻……哈哈！」牛仔男不怒反笑，額頭上爆出青筋：「等一下比賽結束，我一定好好享受你痛到不敢胡言亂語的死相，臭、小、鬼。」

兩個人終於走到中槍的老太太旁邊。

老太太當然倒在血泊之中，一動也不動，看樣子眞是死透了。

「看吧死小鬼，我說一槍斃命就是一槍斃命，沒有討價還價的空間。」牛仔男嘿嘿怪笑。

「……」喬洛斯歪著頭，嘖嘖：「這死老太婆的腳，剛剛好像動了一下。」

「動個屁！」牛仔男惱怒：「人死了，神經系統還沒完全掛掉，腳還會抖幾下也很正常，你沒看過青蛙被砍頭以後，腳還會動的嗎！」

「我常常剁青蛙……對耶，牠的頭爆了，腳常常還是會動！哈哈哈哈哈哈不過什麼是神經系統？是非常厲害的意思嗎！」

「總之就是死了！青蛙的頭被剁掉就是死了！那個老婊子的心臟被我打爆了也是死了！腳抖是腳抖！死還是死！知道了嗎死小鬼！所以現在是平手！」牛仔男氣到滿臉通紅：「現在帶我去醫院，然後我在路上多殺幾個人給你見識見識，你就知道什麼是死！什麼是腳抖！」

「你好會亂拗啊哈哈哈哈醜男！」喬洛斯哈哈大笑，用槍指著地上的老奶奶：「她明明就沒死嘛哈哈哈！」

正當牛仔男想一拳揍過去的時候，老奶奶直直坐起來了。

原本身體裡面只殘留神經反應的老奶奶，竟然，給他，坐！起！來！了！

牛仔男瞪大眼睛，這是哪門子的奇蹟。

胸口淌滿鮮血，背心破出一個大洞的老奶奶，對著牛仔男微微笑，連手撐地的姿勢也省下來了，直接緩緩地，慢慢地，站了起來，絲毫沒有一點「死透了」的跡象。

「你的槍法真準，這麼遠，一槍就轟掉了這個人的心臟。」老奶奶微笑。

那個優雅的笑，那種不疾不徐的聲音，那樣子無法置信的中槍後站姿。

不是死而復活的喪屍。

更絕非意志力堅強的老人。

「……」牛仔男只吃驚了一秒，旋即冷靜下來。

他的眼睛裡，剩下的，是可怕的沉靜。

腦。

如果要說，一個人失去血液循環之後，身體最後喪失機能的，就是腦。

但單單是腦，能夠驅動一個人死亡的身體，站立，乃至口齒清晰地說話？

「明明就沒有死掉！」喬洛斯興奮地大吼，吼到脖子都爆出一條條的血管。

牛仔男靜靜地看著露出詭異微笑的老奶奶。

他看著她，卻又不像在看著她。

他凝視的，是躲在即將放大瞳孔的眼睛背後，另一個強大的靈魂。

「好酷！好炫！超級不死人老婆婆！」

喬洛斯尖叫，拿起槍對著老奶奶近距離開了一槍，後座力震得他哇哇大叫。

老奶奶的肚子上多了一個彈孔，後背新開了一個大洞，卻沒見她倒下。

……不會錯的。牛仔男心中雪亮。

這種自由操控人體，甚至接近愚弄屍體的異能力，除了那個「老頭」，沒有別人。

「這麼快就輪到你出馬了，老王八蛋。」牛仔男微微瞇起眼睛，指尖開始發燙：「蟬堡這麼重視這裡發生的怪事啊？嘿嘿，有什麼線索透露一下，說不定我可以爲你省下不少麻煩。」

大敵當前？

牛仔男的感官放大到極致，周圍兩百公尺以內，任何可疑的呼吸聲都籠罩在他的警戒之內。即使是百步穿楊的狙擊手，在扣下扳機之前都會被他一槍爆頭。

「我不懂你說的是誰，可以請教嗎？」老奶奶看起來有一點疑惑。

「這麼會裝傻，我眞是把你瞧得太高了。」牛仔男的嘴角微微上揚。

極速暴漲的腎上腺素，令他小腿上的彈孔，竟在瞬間止血。

「你剛剛提到的，那個……老、王、八、蛋，也是一個厲害的傢伙嗎？」老奶奶歪著頭，張大嘴巴：「有、多、厲、害？」

「……」牛仔男的身體灼熱非常，周遭的空氣溫度卻急速下降。

指尖。

指尖的殺意，在扳機上輕輕跳舞。

在哪？

那個愛玩蟲的老王八蛋在哪？

找出來，找出來，找出來……

在沸騰的腎上腺素催化下，牛仔男的知感範圍，隨著他冰冷的殺氣朝四面八方刺出，刺出，刺出，想尋找對他尖銳殺氣產生感應的高手氣息。

找出來，找出來，找出來……

那個老王八蛋在哪裡在哪裡在哪裡……

「你好像，很怕他。」老奶奶像是看破了什麼。

「還裝蒜！」無法再忍耐了，牛仔男一槍快速絕倫地轟出。

子彈正中老奶奶的眉心，腦漿跟碎骨直接從她的腦袋後方噴出。

……死得不能再死。

牛仔男看著地上的屍體，無法壓抑的殺氣持續從他的身上釋放出去。

喬洛斯蹲在地上，仔細研究老太太只剩半顆腦袋的死相，這裡捏捏捏，那裡揍幾拳，確定連腳也沒有抖來抖去後，馬上大叫：「你用了兩槍！我還幫你打一槍！她才死掉！哈哈哈哈哈哈我可以再打你一槍啦！」

無法反駁的牛仔男嘿嘿乾笑了兩聲，攤開手，示意喬洛斯儘管開槍。

這輩子，酷愛玩遊戲的牛仔男，一向在遊戲裡酷虐其他玩家，卻也非常遵守自己訂下的遊戲規則。即使沒有旁觀者，即使沒有仲裁者，即使玩家只是一個小孩子，他也，絕對，遵守，規則，到底。

因為，最後的贏家一定是自己。

非得是自己！

「死瘸子不要動！我要把你射爆！」

喬洛斯半蹲，十分慎重地將槍口對準牛仔男的胸口，瞇起右眼，露出參差不齊的一口黃牙。這種距離，又是瞄準面積最大的胸膛，即使有可怕的後座力，子彈擊中牛仔男的機率恐怕超過八成。

「……」牛仔男滿不在乎地，高高在上鄙視喬洛斯。

喬洛斯扣下扳機，膛線撞擊，子彈砰地射出。

一旁的路燈碎掉。

牛仔男手上的槍，槍口冒著淡淡輕煙。

無可懷疑的是，在剛剛那一瞬間，有一顆子彈幾乎同時從他的槍中噴出，硬碰硬，將喬洛斯射出的子彈砸向左手邊旁的路燈，這種技術，簡直就是魔鬼的手筆。

「少天眞了，你開你的槍，我可沒說我不可以把你的子彈打掉。」牛仔男獰笑。

喬洛斯目瞪口呆，尖叫：「你好厲害啊！」

牛仔男總算是露出一點點笑意：「你也知道厲害。」

「但現在是二比一！剛剛我先打了那個死老太婆一槍！然後你才把她打死！而且你用兩槍！你用了兩槍！你用了兩槍！」喬洛斯像隻猴子一樣跳來跳去，還翻起了跟斗：「二比一！二比一！哈哈哈哈哈哈死瘸子被我二比一啦哈哈哈哈哈！」

笑意在牛仔男的臉上冷冷凝結住。

這個小鎮不正常的程度，好像超過了他的……預期？

7

冰冷的殺意像刺蝟一樣針刺出去，茫茫中沒有找著他想像中的老王八蛋，倒是刺中了那些築成堡壘的黑色廂型車車陣。

剛剛從黑色直升機下來的那些可怕傢伙，全都下意識打了一個冷顫。

四個全副武裝的老槍手嘴裡正咬著培根三明治，牙齒與舌頭的動作全停下來。

察覺到異狀，鐵鎚鷹打量著這四個合作已久的老槍手，說：「怎麼樣？」

「果然是同類，箇中好手。」鼻子嚴重塌陷的男子，身形緊縮了一下。

「箇中好手？」

「這種讓人屁股凍僵的殺氣，簡直就是一張自吹自擂的名片，毫不隱藏。」塌鼻男的眼神飄忽，似乎眞的坐立難安。

鐵鎚鷹微微皺眉，難道不是……病毒？

是個，人？

「是個，不必我們出動，他也會自己找上門來的，變態。」少了一隻耳朵的男子，摸著自己不存在的那隻耳朵，慢慢地撫摸，感受那不存在的觸感。

害。

「很強，不知道是不是用槍。」只剩一隻右眼的男人手心開始出汗，心跳得很厲

「真希望他用的也是槍，這樣比較刺激一點。是吧？」下嘴唇有條刀疤的男人，一邊說話，一邊流出黏黏的口水。口水黏答答地濕了整個下巴。

這四個前來支援的老槍手，都是前綠扁帽部隊退役下來的特級殺手，他們很樂意在被蟬堡徵召後，擁有合法的爲國殺人執照，可以偶爾出出差，殺殺人，一頁檢討報告都不用寫，自然就有極上層的人會幫他們搞定。這些老練的傢伙只要，如常地滿足野獸的本能即可。

頂尖的清場專家。

頂尖的，自我欲求滿足者。

「……克制一下，各位，這傢伙已是蟬堡的資產。重、要、的、資、產。」

鐵鎚鷹打斷了眾人的殺意，嘴裡還是叼了根菸。

「活捉的難度，就是把我們的性命當作一場誤會是吧？」塌鼻男啐了一口。

「別抱怨了，這就是我們來了四個人的緣故。」刀疤男擦去嘴角的口水。

「沒有例外的情況嗎？即使危及到你自己也不例外？」單眼男瞪著鐵鎚鷹。

「不例外。」鐵鎚鷹的表情完全沒有一絲改變：「當我們決定要爲這個世界成爲

一個令人不齒的惡棍的時候，就把這個世界放在個人生死之前了。」

「我很懷疑。」單耳男嗤之以鼻：「不過我們會盡量照辦的。」

鐵鎚鷹點點頭，沒有要繼續威逼下去的意思。

看著這四個老槍手各自出發，尋找制高點的背影，鐵鎚鷹抖了抖手中的菸。

剛剛抵達綠石鎮的時候，他只看到一件離譜的滅門慘案，研判有一個可怕的殺人魔侵入了這座寧靜小鎮，於是叫了這四個老槍手趕來圍捕。過了兩個小時，才發現這個鎮整個瘋了。

如果他的直覺正確，這四個老槍手根本罩不住這個狀況。

但他到底面臨著什麼？

如果不是造成集體記憶混亂的細菌或病毒，而是一個……能夠操縱異種記憶病毒的殺人高手？

鐵鎚鷹想起了不愉快的回憶。

十三年前，鐵鎚鷹還是一個剛剛得到配槍的菜鳥。

在那個特別熱的夏天，緬因州出現了一個很奇怪的蟑螂怪客，他在罹患淋巴癌後，發現自己可以在不明的範圍內用念力操縱所有種類的蟑螂，將一種能引發瘋狂大笑的情緒病毒傳染出去。那一回的獵捕眞是一場悲慘的鬧劇，光是活活笑死的鷹群就多達了二十五名，最後大家因爲狂笑之餘拿不穩機槍，胡亂噴出的流彈不小心將蟑螂怪客的腦袋打爆，獵捕失敗。

鷹群的損失當然不足爲惜，可蟑堡少了一次重大的超能力者捕獲，引發了高層震怒。

鐵鎚鷹的旁邊，多了一股濃煙。

「老大。」金色鬍子黑衣人不知道何時走到了鐵鎚鷹的身後，他半張臉沉浸在濃郁的菸氣裡：「或許，運氣好的話，剛剛那四個人可以幫你找到慘案的眞正原因。」

鐵鎚鷹不置可否：「但我們帶不走那個原因是吧？」

「靠他們，帶不走。」

鐵鎚鷹彈掉了手中即將燒盡的菸。

「叫蠱佬。」

8

「弟弟好像，找到了一個很好玩的人。」

喬伊斯慢慢睜開眼睛的時候，家裡已擠滿了人。

幾十個鎮民將小小的院子佔滿，擠進客廳跟廚房裡，連樓梯間都站滿了人，所有人圍著滿身大汗的牧師哭天搶地，有的人甚至跪了下來猛磕頭，說到底反正頭也不自己的，磕得頭破血流也不打緊。

「牧師！爲什麼只有你們一家人沒有發瘋！爲什麼爲什麼！」不知道實際是誰在大叫，總之他頂著一張叫雷斯恩的老伯臉。

「一定是堅定的信仰力量保護了牧師先生！牧師先生！請爲我們禱告！」不知道實際上是誰在嚷嚷，總之他有著一張叫安德魯的八歲男童的臉：「哈利路亞！耶穌基督！哈利路亞！耶穌基督！」

「牧師！前幾天你一直在院子裡挖洞！是不是你感應到了什麼恐怖的力量！是上帝告訴你的嗎！爲什麼只有你曉得用挖洞來預防發瘋！爲什麼你偏偏不告訴我們大家！」正在崩潰指控的不知道實際是誰，總之扯破喉嚨的是一張叫查理的大叔臉：

「到底你是怎麼知道要！挖！洞！的！」

「挖洞？」牧師先生非常錯愕。

「對！一定是挖洞！牧師！我前兩天還以爲你瘋了！沒想到你才是先知啊！」

「我自己也搞不清楚前幾天爲什麼要挖洞，我完全是無意識，類似夢遊……」牧師在爲自己辯解的時候，竟有種深深的內疚感。如果這個小鎮全都發生了身體與靈魂交換的怪事，而自己一家人是唯一的例外，那麼前兩天無意識挖洞的行徑，的確很可疑……難道是上帝默默的提示？

「先別管什麼挖洞了，牧師！這個身體太老了！我才剛剛滿十七歲耶！憑什麼！憑什麼！我剛剛遇到我自己的臉！那張臉竟然一副若無其事的樣子！憑什麼不還給我！牧師！」抓狂的這張臉屬於年邁的塞西莉，但困在這老朽身體裡的靈魂是誰不得而知。

「這個鎮眞的瘋了！我發誓只要我回到自己的身體，一定馬上離開這裡！」哭喊著的不曉得實際上是誰，總之她一臉鼻青臉腫，顯然昨天晚上才被家暴過。

「那有什麼！我本來是男的！現在長出一條陰道是怎樣！天殺的這是……月經嗎？天啊快快快！我要怎麼處理這些血……我快死了我快死了！」

「你們剛剛有注意到嗎？很多輛看起來像是軍方的車子，吉普車！一大堆的吉普車！一台又一台堵住了往玉米田那邊的大路，好像想把我們困在這裡？」

「軍方來封鎖？就是說我們被什麼病毒之類的感染了嗎？」

「哪來的病毒會讓所有人交換身體！哪有這種病毒！牧師！這是魔鬼的伎倆！」

「說不定我們不知不覺被軍方秘密實驗了……對，一定是這樣！政府那些一大堆縮寫的神祕機構，一定對我們小鎮動了什麼手腳，這陣子才會發生那麼多怪事！對！一切都是軍方搞的鬼！」

「政府侵犯公民權！我們絕對不能被他們封鎖起來！」

「先別管什麼軍方封鎖了，天啊我變成禿頭了！天啊你看看這個肚子！鮑里斯那頭肥豬到底在幹什麼，我連自己的肚臍……連他的肚臍！都看不到啦！牧師求求你快點幫我驅魔！」

「牧師牧師！我現在開始挖洞還來得及嗎？我真的快不行了！」

「我在漏尿！天啊艾佛夏這個爛身體是怎麼回事！竟然給我漏尿……」

「打電話去梵蒂岡！現在！馬上！綠石鎮需要大驅魔啊！」

「都說軍方在封鎖了！梵蒂岡緩不濟急啊！我們要推派代表去跟軍方理論！牧師，就是你了！我們全都支持你去跟軍方談判！」

整個房子亂哄哄的，同樣毫無頭緒的牧師不停地帶領大家祈禱，口乾舌燥大聲背誦聖經，竭力安慰每一張扭曲的臉孔。

牧師夫人則把冰箱裡所有的東西都拿出來煮給大家吃，小恩雅寸步不離地跟著媽媽，一滴眼淚也不敢掉，生怕一哭出來，馬上就會被這些恐懼給吞噬。

大夥兒才一起祈禱了一陣子，不知道是誰忽然就往院子衝，拿起一旁的鏟子就開始挖洞，一眨眼，所有人都往院子裡狂奔而去，有人拿水桶，有人拿湯匙，更多人徒手就往土壤抓去。

由於這兩天院子裡的土才被牧師徹底挖過一遍又填回，土質鬆軟，在所有人張牙舞爪地亂挖之下，一下子就亂七八糟。

喬伊斯吃吃偷笑著。

儘管這些鎮民的崩潰嘴臉也是喬伊斯的創作，但他並沒有花太多時間欣賞這滿屋子哭哭鬧鬧的慘樣。那種表情，只是蠢。愚蠢。

喬伊斯往窗外看去，大街上正在耍瘋耍顛的人遠遠沒有一開始來得多。事實上，整個小鎮只瘋狂了一開始的兩個多小時，漸漸地，就有三分之一的人停止了喧鬧，低調地回到現在這個身體所從屬的「家裡」，在陌生的房子裡竊笑，打量著鏡子前嶄新的自己。

喬伊斯覺得那些迅速調適心態的人，才是他的創作精華。

他們覺得換換身體，嘗試一下新的人生也不錯。即使這個人生原本不屬於自己，那又怎樣？現在的身體更年輕，更漂亮，更帥氣，家裡更有錢，陰莖更堅挺，老婆更漂亮，老公更加事業有成，順勢而爲把別人前途無限的人生給過下去，何樂而不爲呢？

需要內疚嗎？

不需要！

會變成這樣又不是自己搞的鬼，自己也是弄丟腦袋的受害者啊！

喬伊斯閉上眼睛，再度進入這個小鎮的潛意識後門。

9

鮑里斯。

原本是一個中年大叔的鮑里斯，肚子大到像懷了五胞胎，此時此刻正看著鏡子裡的自己，他倒吸了一口氣，清晰的視力，結實有彈性的二頭肌，平坦的小腹，這原本是一個叫亞力的高中足球隊隊長的鮮肉身體，現在，屬於了自己。

一開始鮑里斯跟所有人一樣，一醒來，馬上就被這奇特的身體交換給嚇壞了，但很快地，超級迅速地，他就笑了出來。鮑里斯當然不知道爲什麼會發生這種奇妙的交換，如果只有自己是特例，那他恐怕還是很恐慌，但既然……既然看起來是整個小鎮的事，是「大家的事」，那就別太放在心上吧，大家都有事，大家都很倒楣，所以呢？所以自然會有人解決這個問題，如果無法解決，那就……

「好像也不壞嘛？」鮑里斯在鏡子前擺起各種姿勢。

門鈴響了。一直響一直響。

鮑里斯沒有理會，自顧自欣賞這個全新的身體。

記得亞力的女朋友叫雀莉？好像是他的同班同學的樣子，是啦啦隊裡胸部最雄偉的一個，不知道全鎮集體交換身體之後這個關係還算不算數？嘻嘻……哈哈……雀莉現在的身體裡面不知道住了誰，大概也很滿意新的身體吧？那個現在正擁有雀莉身體的人，應該很樂意跟我做愛吧？

鮑里斯欣賞著亞力的陰莖，用手指的指節仔細丈量，比較著長度。

門鈴一直響一直響一直響。

鮑里斯嘆了口氣，全身赤裸地走去開門。

「喂！操你媽的你是誰？呼呼……呼呼……你現在的身體是我的！」

在門口大聲嚷嚷的，並不是鮑里斯原本的身體，而是一個名叫艾瑪的老婦人。七十歲？還是八十歲？無論如何，艾瑪已經老到了連走路都得倚靠活動支架的程度，從她家走到這裡門口，讓她喘得連話都說不好。

「現在是我的了。」鮑里斯當然用亞力的喉嚨說話。

「呼呼……你原本到底是誰？報上名來！」亞力用艾瑪老婦的聲音暴衝。

鮑里斯笑笑，是啊，現在是誰住在你的身體裡，你根本就不知道。

「我是誰不重要，其實我也是一個受害者啊，反正現在我們都無能爲力了不是嗎？你就好好地幫……幫艾瑪過完她最後的人生吧。」鮑里斯說得倒輕鬆。

「你說什麼！你這個……呼呼……呼呼……」

「小偷？」鮑里斯聳聳亞力的肩膀，噗哧一笑：「妳是要強調這個字眼嗎？」

「小偷！就是小偷！把我的身體還給我！」

「說得倒容易，妳告訴我我該怎麼把身體還給妳？」鮑里斯有恃無恐。

「先把衣服給我穿上！」

「我在家喜歡裸體，妳再給我嘰嘰歪歪，我等一下上街兜風也脫光光。」鮑里斯簡直就是臉皮特厚：「反正這個小鎮現在天下大亂，也不會有人在意這種小事了吧。」

「你敢！」

「聽好了，我不知道你是誰，但，從現在開始，我就是亞力，你就是艾瑪，上帝這麼安排一定自有祂的道理，我們都得重新適應新的人生，畢竟這是上帝偉大計畫的一部分，只有好好地，盡力地過活，才能明白這一切的背後道理。」

「你……你這個小偷，倒是講得頭頭是道嘛！」

艾瑪，或是應該說是亞力？不管是她還是他，這個老邁的身體氣得連整套假牙都噴了出口，語焉不詳地大吼，突然重心不穩整個人倒臥在地，看樣子是心臟病之類的發作了。亞力無能爲力到了極點。

爲什麼？爲什麼自己會跑進這個老太婆的身體裡呢？而這個不知道是誰的傢

伙，卻可以使用自己那副充滿無限爆發力的年輕肉體呢！不公平！不公平！這個交換遊戲一點也不公平！

「你這是何苦呢？」

鮑里斯嘆了口氣，蹲下，將全身發抖的艾瑪抱起來，扔到馬路中間。

鮑里斯忽然想到了什麼，微微瞇起眼睛：「對了亞力，你平常不是很喜歡亂整艾瑪太太嗎？說不定這就是老天爺賞給你的一個大好機會，要你好好把握現在，徹底整慘艾瑪太太啊！」

是，亞力平常是很喜歡跑到艾瑪太太的後面忽然大叫一聲，常常嚇得艾瑪太太差點跌倒，那是一種不需要前因後果的惡搞，單純的，喜歡嚇老太太再哈哈大笑跑走的小小頑皮。

問題是，也就僅此而已，亞力可是完全沒打算進入艾瑪太太的身體裡亂搞些什麼！

「想辦法……想辦法離開我的身體……拜託……」亞力抓著快要停止跳動的心臟，虛弱地哀求：「我們一起想想辦法……一起想想辦法……一起負起責任……責任……」

睥睨著這可憐瘦弱的老太太身軀，高高在上的鮑里斯翻了一個白眼。

「亞力，我說你啊，你未免也太自私了吧？如果要說負起責任的話，你應該要去好好找找，艾瑪現在的靈魂跑到誰的身體裡才是吧？弄丟身體的她，肯定也很著急呢。」

10

至於艾瑪「本人」，她才不著急。一點也不著急。

原本一口假牙的艾瑪，此時此刻正在一個叫朗夫的小孩子身體裡，在樹蔭下騎著腳踏車，沿著一大堆人在路邊歇斯底里的慘叫聲，驚喜著她重新開始的人生。

朗夫才八歲，才八歲啊！是一個健康活潑的男孩，喔天啊原來站著尿尿是這麼一回事，艾瑪剛剛在樹下嘖嘖稱奇了很久。

雖然從一個老女人變成了一個小小小男生，不過對年老多病、生活品質極度惡劣的艾瑪來說，能夠重新得到一個新鮮的肉體，簡直就是太不可思議了，是一種在吹生日蛋糕蠟燭時想都不敢想的那種等級的夢想。

不管這樣的夢想有多荒唐，有多不切實際，對朗夫有多不公平，加上又是一個……有小雞雞的男生，但，這些通通都沒關係，七折八扣下來都是賺，賺到了健康，賺到了重新啟動的嶄新人生。

從一上腳踏車到現在，艾瑪看見許多軍用吉普車從州際道路衝進了小鎮。

……不意外啊，這麼奇怪的事發生在一個小鎮上，好樣的，每個人醒來之後都不在自己原來的身體裡，當然要出動軍隊處理啊，自己活了這麼一大把年紀了，又見識過眞正的戰爭歲月，等於見識過政府權力最大的那個年代，這種事，政府肯定要介入處理的啊！

封鎖小鎮，禁止任何人離開，逐家挨戶地調查，自然都是要發生的。

只不過這種離奇的集體交換身體，是政府能夠處理得好的事嗎？

那些吉普車揚起的塵土好像沒有停止過，政府到底來了多少人呢？接下來即使是看見裝甲車還是坦克什麼的，好像也不會意外。畢竟這眞的是太誇張了，想都沒想過的……可怕混亂？

艾瑪暗暗禱告，不管這一場混亂是如何開始的，但千千萬萬不要結束。

或許這是政府意外出錯的軍事實驗，還是蘇聯偷偷在綠石鎮釋放的腦破壞秘密武器，還是古巴人搞出來的共產黨洗腦炸彈炸出來的小鎮意外，都，千千萬萬不要結束。

艾瑪，她自認可以對朗夫的爸爸叫爸爸，對朗夫的媽媽叫媽媽，儘管他們現在大概也是被別人給轉住進了他們的身體，但沒有關係，或者說這應該更好，完完全全給彼此一個新的可能性去重建人生，完全就是棒透了！

雖然又要重新面對一次殘酷的校園人際關係，一大堆無聊且對人生毫無助益的學校作業，不過，在那之後，不管他喜歡男生還是女生……是了，說不定也不是一定太難的事。找個伴，他們可以到處去旅行，看看這個世界，不要將一生困在這小小的綠石鎮了。

這一次，一定，不要，再困在這小小的綠石鎮了。

「朗夫啊朗夫，希望你現在也在一個很不錯的身體裡，我衷心替你祈禱。」

艾瑪愉快地騎著腳踏車，心想，如果這是夢，拜託晚一點再醒來……

11

外面的吵雜聲已經少了很多，歐頓終於可以好好聽見自己的喘息聲。

四十五歲的水電工歐頓一直都很欣賞隔壁鄰居，白莎。

白莎已經是一個九歲孩子的母親了，可舉手投足之間充滿了成熟女人的美好風韻，歐頓最喜歡每天早上出門工作的時候，看見白莎碰巧在前庭澆花，白莎會友善地跟他揮揮手，說「早安，祝你有個美好的一天」的那個畫面。

歐頓有家室，他對白莎並不存在什麼亂七八糟的邪念，就是一種單純的喜歡，就是一種在每天早上默默期待著打招呼的，那一瞬間的美好。

而現在，歐頓蹲坐在廚房的中島台上，享受著白莎火燙濕潤的身體。

白莎的靈魂去了哪？

歐頓不知道，也不關心。

其實當了這麼多年鄰居，白莎到底是一個什麼樣的人，早餐喜歡吃什麼，下午茶喜歡喝哪一種茶還是咖啡，茶或咖啡加不加奶加不加糖，拿手菜是什麼，晚餐後喜歡看什麼電視節目，歐頓根本就不知道。歐頓他什麼都不知道。

歐頓什麼都不知道，但歐頓他媽的什麼也不以為意。

歐頓只知道白莎每天都會跟他問早問好，然後，她的奶子眞大眞軟。是的，歐頓覺得這一切既然令人無計可施，那麼，不管交換身體是神的一時失手還是惡魔的惡作劇，都無所謂了，要緊的是把握當下！

什麼時候身體會換回來誰也不知道，所以分秒必爭，一天就賺一天，一個小時就賺一個小時，一分鐘也好，得好好享受白莎這越來越熱的身體，搓著，揉著，撫摸著，拚了命地實驗著。

原來上帝將女人的身體設計得這麼美妙，比起男人一洩即萎，女人能夠一直高潮一直高潮一直高潮，眞的是鬼斧神工毫無瑕疵的性愛容器啊！

「妳見鬼了到底是誰！快點離開我老婆的身體！離開！滾開！滾！」

從衣櫥裡發出鬼吼鬼叫的，是白莎才九歲的兒子，伊索。

伊索半個小時以前就因為太失控了，被歐頓呵呵呵地禁閉在衣櫥裡，但還是無法阻止他的吼叫。

「猜猜我是誰啊？白痴才要告訴你。」歐頓滿臉通紅，躺在床上用手指不斷試探著白莎的身體：「反正所有人都在交換身體，這一切都很公平。」

「公平個屁！不要亂搞我老婆的身體！快放我出去！」是伊索的聲音，但顯然正在使用伊索喉嚨的，是白莎怒火衝天的丈夫。

「放你出來幹嘛？我現在是你媽媽，難道你要衝出來搞我嗎？」歐頓覺得很好笑，但身體可是越來越濕潤了，下體卻像是點了火的牽引機引擎：「說起來，怎麼你會跑到你兒子的身體裡啊？比起來，我可是好好照顧著你老婆的身體，你現在應該關心的，恐怕是你兒子現在跑到誰的身體裡，你的身體又被誰拿走了，不是嗎？說不定他們正在糟蹋你的身體咧！」

伊索，喔不，白莎的丈夫當然想知道他的身體跑去哪了，但他哪有任何線索啊！

「放我出去！你這趁機揩油的色狼！你才在糟蹋我老婆！下三濫！」

「對啊，我就是下三濫，但如果有一天身體交換回來了，你還是不知道現在是誰在玩弄你老婆的身體。喔天啊，你永遠也不知道……哈哈哈哈哈哈！」

兩個人就這麼隔著衣櫥，一個氣到大吼卻無法衝破被鎖住的衣櫃，一個則恣意享受著他美麗人妻鄰居的發燙肉體，好像如果永遠也無法變回男人的話，對他也不構成任何困擾似地。

突然一陣尖銳的吵雜聲從前庭傳來，歐頓還沒反應過來，就聽見那轟隆轟隆的聲音橫行霸道地穿過客廳，在屋子裡橫衝直撞，像是在找什麼似地。

歐頓皺了皺眉，難道是正在使用白莎老公身體的「不知道是誰」，找上門來嗎？

渾身赤裸的歐頓才剛剛走下床，就看見一個高高瘦瘦的竹竿似的男中學生站在門口，單手拿著一把電動馬達鏈鋸，看起來像是吃了炸藥。

「白莎！你這個勾引我老公的蕩婦！」男中學生眼睛噴出怒火。

雖然綠石鎮小小的，這個高瘦中學生好像也見過，但他叫什麼，歐頓一點也沒印象。

「喂喂喂，別那麼衝動，我不是白莎。」

歐頓希望自己冷靜的語氣可以冷卻對方手中的電鋸。

「……妳不是白莎？」

男中學生喘吁吁歪著細長的身體，手中那把電鋸好像比他的身體還重。

「是啊，就像你，你肯定也不是你現在的樣子吧？你原本是誰？」

「妳不是白莎，那你是誰！」

「總之我不是白莎，唉，今天早上大家一起床就莫名其妙交換身體了不是嗎！我不是白莎，千眞萬確我不是白莎。」歐頓的眼睛沒有離開過那把該死的電鋸。

被關在衣櫃裡的白莎老公當然不會放棄這個機會，大叫：「外面的是誰！快放我出去！我被這個搶走我老婆身體的下流王八蛋鎖在衣櫃裡！快點！幫幫我！幫幫我！」

男中學生的目光飄向衣櫃，眼神已經沒有那麼火爆。

「就跟你說吧，我不是白莎。」歐頓露出無可奈何的表情，指了指衣櫃：「他是白莎的老公，現在暫時跑到他們的小孩身體裡。就跟我說的一樣，大家都亂七八糟交換了身體啊。」

滿身大汗的男中學生看了看衣櫃，又看了看歐頓，似乎下不了決心。

電鋸似乎越來越沉重，重到完全壓垮了這個細長中學生的身體重心……與人格。

「你把他關在衣櫃裡幹嘛？你跟白莎的老公有仇嗎？」男中學生咬牙質疑。

「沒，但他太吵了。」歐頓用力揉著白莎的大奶子，沒有廉恥地呵呵笑道：「妨礙到我玩弄他老婆的身體哈哈哈。」

白莎剃得雪白的駱駝蹄下體甚至還滴著濃熱的汁液，滴到了原木地板，可歐頓不以爲意，一點也不覺得丟臉，反正，住在白莎身體裡的「他」是誰，只要他不說，沒有人知道。

「……」男中學生抽動了一下馬達，鏈鋸再度轟轟作響。

「喂喂喂！你幹什麼！」歐頓感到不妙：「我說了我不是白莎，難道你不信？」

「我信，我當然信。」男中學生血絲滿布的眼睛，慢慢進入了一種黑暗的沉靜。

在小小的臥房裡，這條鏈鋸的聲音像是巨大的火山爆發。

「……那還有什麼問題？」歐頓不由自主後退了一步，腳跟靠到了床角。

「上帝啊上帝……我眞高興我不是本來那條竹竿，才能扛著鏈鋸來這裡幹掉這個賤女人！這眞是，千載難逢的，大報仇機會啊！」

男中學生高高舉起鏈鋸，獰笑道：「你是白莎的話很好，不是白莎也沒關係，等這一場鬧劇落幕的時候，我要讓那個賤貨回到自己身體的那一刻，看到她已經沒了……兩隻手？哈哈哈哈哈到時候我看她還怎麼勾搭男人！」

「天啊你瘋了！」歐頓慌慌張張跳到床上，拿起床頭櫃上的相框當作盾牌。

「等等！你們在說什麼？我老婆跟誰搞了！」衣櫃裡傳出稚氣的咆哮。

「閉嘴！那個賤貨跟我家男人勾搭上了！你也有責任！」男中學生對著衣櫃大吼：「我幫你鋸掉你老婆的雙手，方便你以後好好管好她！」

「誰！妳男人是誰！誰勾搭我老婆！」衣櫃裡傳來瘋狂的拳打腳踢聲。

「嘴巴放乾淨點！是你家那賤貨勾引我家那不爭氣的色鬼！」

「瘋子！不要亂鋸人！」歐頓嚇到腿軟，只能胡亂扔出一個又一個相框當砲彈。

不躲不閃，相框一個個砸在男中學生的身上。

鏈鋸很沉，恨意更重，男中學生哈哈哈大笑起來，那模樣眞是厲鬼附身。

鏈鋸尖叫。

歐頓尖叫。

衣櫃尖叫。

一分鐘以後，這個房間裡發生的事，永遠也不會被寫進鏈鋸使用說明書裡。

12

「喬洛斯？呼呼……你還是喬洛斯吧？」

正上氣不接下氣說話的，是鮑里斯肥大的身體。

他一早醒來，就發現自己醒在酒吧前面的長椅上，有一條吃了跳跳糖的大鯨魚在腦袋裡橫衝直撞，撞得他隨時都想吐，也眞的吐了一點像是雞肉之類的東西出來。下巴好像有些紅腫，好像睡著前被誰狠狠揍了一拳似地，嘴巴裡都是超級難聞的酒味，打出的嗝連自己都快給熏死。

然後他到處走來走去，就是找不到回家的路，體驗人生第一次的宿醉。花了不少時間，住在鮑里斯身體裡的這個「小傢伙」，才發現這個行動遲緩的大胖子根本不是自己的身體。

「是啊，我是超級帥哥喬洛斯。」喬洛斯用槍管挖著鼻孔：「你誰啊？」

「我是朗夫，我的身體不知道跑哪裡去了。」朗夫透過鮑里斯肥大的喉管，說著無辜的話語：「喬洛斯，你知道我的身體跑到哪了嗎？」

「你不爽現在這個身體嗎？」

「我覺得太胖了，而且我找不到我媽媽……」

站在喬洛斯後面，牛仔男拖著血流不止的腳，汗流浹背地在小鎮裡尋找不存在的醫生。

他們沿途對不少人開槍，比數已經亂七八糟了，畢竟喬洛斯常常打不中人，可是牛仔男百發百中的子彈卻也沒能在第一時間要了對方的命，被牛仔男開槍打中的倒楣鬼，常常站起來跟牛仔男揮揮手、說一兩句話才真的死掉。難以解釋，別說命中心臟了，很多槍明明就打中了腦袋，或是貫穿了喉嚨，卻還是像殭屍一樣站起來，像是非得證明牛仔男就是無法一槍斃命似地才肯倒下。

……是那個老王八蛋。

不管那些聲音再怎麼裝白痴否認，能夠這樣操縱屍體的，只有那個老王八蛋。

那個老王八蛋在監視著他。

可是，他卻找不到那雙在暗處窺探他的眼睛。

從什麼時候開始的呢？那個老人早就在這個小鎮裡等他了嗎？從自己一路開車來綠石鎮的路上，就被那群老鷹盯上了嗎？

這麼說起來，那群老鷹真是越來越神通廣大了，不過也不過是扮成老鷹的麻雀而已。一大群的麻雀而已。真正令他東張西望的，是那個老王八蛋。那個曾經將他逮到，活生生逮到，將他扔進沙漠底下的……酷愛玩蟲的老王八蛋。

口乾舌燥的感覺糟透了，尤其不斷失血的暈眩感讓牛仔男無法保持全神貫注。

不行，這樣下去會輸。

再輸一次的話，又得回到沙漠底下重新開始破關……不，不想回去……

恐懼，不是牛仔男習慣感受的情緒。

他當然喜歡恐懼，可以說是熱衷，但那是從被他施暴的人眼中綻放出來的那種觀賞價值。

自從被扔進沙漠底下進行那無止盡的生存遊戲後，不管面對什麼樣的強敵，擁有重裝武器的管理者鷹群、可鄙的食人魔、不知所以然的戀童癖、冰冷殘酷的專業殺手、裝模作樣的超級武鬥狂、擁有特異功能的術師、整天把各種怪理論掛在嘴邊的心理變態、五花八門政府實驗失敗下的突變人、天生畸形的白痴怪物，甚至是貨眞價實的吸血鬼——一碰到陽光就會灰飛煙滅的那種吸血鬼，牛仔男都沒有感覺到恐懼過，頂多也只是高手交鋒時，感官特異化的那份緊張。

直到現在，或許是被漸漸惡化的槍傷所逼，他才想起來當初的恐懼感。

唯一，在眞正意義上擊敗過牛仔男的那個老王八蛋！

「朗夫，你要一起玩嗎？」喬洛斯看著槍管上黏黏的鼻屎。

「一起玩什麼?」朗夫打了一個酒嗝。

「我跟這個醜男在比賽,看看誰幹掉的人比較多,不過槍只有兩把哈哈哈!你要比賽的話,就拿旁邊的垃圾桶打人好了!」喬洛斯伸長脖子,大聲建議:「啊!那裡有一部割草機!你現在應該可以拿割草機去砍人啊啊啊啊啊!那一定是超級厲害的啊!」

「我不想玩,我想回家,我想找我媽媽。」朗夫看起來快哭了。

「好吧,那你站過來一點。」

「……嗯?」

「再過來一點,好,不要動。不要動喔。」

「像這樣?」

「對,然後比個YA!」

「YA?」

砰!

喬洛斯一槍射中還在宿醉中的呆呆朗夫,或者說,鮑里斯的肚子。

後座力太強了,手槍震開了喬洛斯的手,喬洛斯邊罵邊將手槍撿起來。

朗夫哇哇大哭,一屁股坐在地上,痛到什麼宿醉都醒了,他看著肚子上的血窟大洞，腸子灑了一地，他嚇得趕緊將腸子撿起來塞回肚子裡，卻怎麼塞也塞不好。好痛。痛死了，而且腸子怎麼會那麼滑那麼濕啊！

「你媽媽我就不知道在哪裡了，看到那個婊子的時候我會跟她說你在找她。」

困在鮑里斯身體裡的朗夫持續哭泣，而喬洛斯又蹦又跳地繼續往前走。

歪著頭看了看，放任這個滿臉鬍碴的大胖子坐在地上胡亂塞腸子、一直哭鬧找媽媽也滿好笑的，於是牛仔男也就不補槍了，他持續緩慢地跟在喬洛斯後頭。

牛仔男瞪著這小鬼的背影，越看越不爽。

「所以你根本就不是小孩子是吧？」

「醜男，我是宇宙大帥哥。」

「這麼小的一個爛鎮，應該也有瘋人院吧？哈哈哈哈哈哈……我看今天你們小鎮幾千個腦袋一起大爆炸，你百分之百就是在那個時候從瘋人院跑到這個小鬼的身體裡的，超級無恥沒家教的爛精神病。」

「哈哈哈哈哈我也想跑到別人的身體裡去玩啊！可是現在這樣也很好玩哈哈哈哈哈！醜男！你越走越慢，比上次被我拔掉龜殼的那隻烏龜還慢！」

牛仔男走得很吃力，他的精神也異常緊繃。

「醜八怪爛神經病，你說你叫什麼名字？我問過你嗎？」

「我叫宇宙大帥哥，你才叫醜男！」

「走，帶我去你家找你媽媽，叫你媽幫我止血，做飯給我吃，然後讓你媽媽看我怎麼活活整死你！」

牛仔男感覺到指尖開始不受控制地顫抖，那是失血過多的影響之一。他媽的，必須在跟那個老王八蛋決鬥之前，把槍傷做一個基本處理，不然會吃大虧……

「叫我宇宙大帥哥！不然我才不要帶你這種醜男去我家！」

「我才不要叫你這種醜八怪什麼帥哥，隨便地上的一口痰長得都比你好看。」

「哪一口痰長得比我好看！哪一口痰！我要看我要看我要看！」

喬洛斯尖叫，然後開槍射爆了一個長在行人道樹上的大蜂窩。

蜂窩炸出一個大洞，受驚的蜜蜂狂飛而出。

喬洛斯哈哈大笑對著蜂窩繼續開了第二槍，這一槍轟得蜂窩整個都掉下來！

什麼跟什麼啊！幹嘛沒事射蜂窩！

牛仔男大吃一驚，子彈再多，也沒有滿天狂舞螫來的蜜蜂來得多，平常應該拔腿狂奔就對了，但現在腿傷怎麼跑？

只見喬洛斯一腳踢出，尖叫：「看我的格林機關槍旋風飛踢！」將掉在地上的半顆蜂窩踢向牛仔男！

「搞屁啊！」牛仔男大吼一聲，一槍將半顆蜂窩轟碎。

蜜蜂將兩個人螫得亂七八糟，喬洛斯根本沒有討到半點好處，同樣被螫得哇哇大叫，只是喬洛斯一邊淒厲大吼，一邊用最快的速度衝向旁邊一戶人家。

「醜男！快跑！哇哇哇痛死了！這些蜜蜂有神經病！」

「操你媽的你才有神經病！」牛仔男奮力揮趕頭上的蜜蜂，卻怎麼也驅趕不走。

「你說你不操我媽的！」喬洛斯慘叫急奔。

「現在我操了！我操了！操你別跑那麼快！」牛仔男暴怒：「別讓蜜蜂只螫我一個人！你他媽的給我過來站好！給我分走一半的蜜蜂！」

喬洛斯站好個屁，只見這隻鬼靈精身手矯健地翻過牆，撲通一聲躍入那戶人家庭院後方的游泳池裡，雙手舉起大叫：「勝利！勝利！我贏過瘋子蜜蜂啦！醜男你這樣跳跳跳超好笑的啦哈哈哈哈哈！大白痴醜男！彈簧跳醜男！瘸子醜男！」

遠遠落在後頭的牛仔男拖著痛到快要失去知覺的腿，一拐一拐，還真是得加上奇怪的跳躍姿勢才有辦法移動，走走跳跳得這麼慢，每分每秒都被蜜蜂螫到一個不行，連鼻孔跟耳朵裡都鑽進一心要復仇的蜜蜂……

痛到很想拿槍直接轟爆自己的腦袋！

「醜男你跳得超好笑的啦！蜜蜂有沒有鑽進你的褲子裡螫雞雞啊？哈哈哈哈哈哈

哈眞的好好笑喔！雞雞腫到超畸形的啦！你是畸形彈跳人宇宙無敵大醜男！」

「閉嘴！我操你媽的閉嘴！」勃然大怒的牛仔男拿起槍對準喬洛斯。

輕輕把扳機扣下去，子彈咻地飛出去……

自己就輸了！自己就在精神上完全敗北了！

……這見鬼了到底是怎麼一回事……這個完全不受控制的小鬼，其心智的糟糕程度完全不輸給在沙漠底下那群瘋子，要說無厘頭更是遠超之上！幹嘛沒事打蜂窩？幹你娘的爲什麼沒事打蜂窩！打蜂窩打蜂窩！打蜂窩個屁啊！

如果這個小鬼開槍射蜂窩是因爲想趁亂逃走、或是自己事先穿好密不透風的防護衣所以作弄別人時自己可以不必一起倒楣，那完全能夠理解！可以！理解！

但這小屁孩射蜂窩，完全只是因爲他手裡正好有槍，而蜂窩又好死不死正好被他看到，於是他就開槍射蜂窩了！還踢！還踢了掉在地上的蜂窩！就因爲他突然很想踢吧！

完全不思考後果，絲毫不理會下場，想做就做！

肯定被螫到全身過敏了，牛仔男用慢一百倍的速度翻過同樣的一面牆，這才搖搖晃晃地摔進泳池裡，落在喬洛斯的身邊。

該死的蜜蜂當然沿路跟了過來，在游泳池上方盤旋不去，喬洛斯與牛仔男就這麼狼狽地困在水裡，偶爾冒險探頭出去深呼吸一口氣，再潛入水裡舒服一下下，反反覆覆，直到蜜蜂終於慢慢散去爲止。

牛仔男全身發癢。剛剛那些蜜蜂應該不是胡蜂吧？雖然自己對昆蟲沒有研究，但那些蜜蜂看起來比較小，不像是虎頭蜂之類的。無論如何蜜蜂螫咬的量太多了，毒液引起全身發炎反應，加上腳上的槍傷，這下可慘了。

「臭小鬼……在我宰了你之前，一定要讓你淒慘到……啊啊啊痛死我啦！」

「你的嘴巴好臭！醜男！又醜又臭！」喬洛斯的臉也腫得亂七八糟。

關於恐懼這件事，牛仔男在此時此刻有了新見解。

在癢死前，牛仔男看著身旁這個完全不受控制，也無法自我控制的臭小鬼……

他太弱了。

一槍就可以輕易殺掉，毫無疑問。

但他又超強。

精神力在惡魔的領域裡，純眞無瑕到了一種無法用單單邪惡來形容的純粹。

如果讓他擁有不被這個世界宰制的能力，這小屁孩會離經叛道到什麼程度呢？

牛仔男忽然閃過一個早該發生的念頭。

「臭小鬼，你該不會就是我要找的怪物吧？」

「我不是怪物，我是宇宙大帥哥！」

渾身濕透的牛仔男的臉色微變。

不是因爲這個無禮小鬼的臭嘴，而是，他聽見了殺意。

三個……不，四個？

四個槍手悄悄佔據了相對高處，居高臨下，自己當然暴露在狙擊的範圍裡。

到底是什麼時候接近自己的呢？是剛剛被蜜蜂一陣亂七八糟襲擊的時候嗎？

憑被那區區幾百隻蜜蜂的攻擊，就可以讓自己忽略四把狙擊槍嗎？！

不可能！

沙漠底下那可怕的槍林彈雨都沒令自己分心了，那些蜜蜂能有子彈惱人嗎！

——是這個小鬼，是這個嘴巴超臭舉止超瞎的爛小鬼讓自己心浮氣躁了！

「你吃到狗屎了嗎？」喬洛斯用力抓著臉上超癢的腫包，馬上抓到流血：「你看起來好像吃到狗大便！豬大便！大象大便哈哈哈哈哈！河馬大便給你吃！鱷魚大便也給你吃！」

「哼。」牛仔男對咄咄逼人的殺意揚起了眉。

都架好了狙擊鏡，所以自認不需要隱藏位置了嗎？

這殺意的等級，嘻嘻嘻嘻哈哈哈哈哈嘻嘻眞是不同凡響啊，各個都是貨眞價實的殺人魔，只是他們大大方方幫國家做事，按規矩殺人，而另一批殺人魔則被關在沙漠底下彼此互宰罷了。

牛仔男的耳朵豎起來了。

那四顆剛剛還有些因過度興奮而過於激烈的心跳聲，快速趨於平靜。

要幹了嗎？

嘿嘿嘿……你們以爲老子困在移動超級困難的池子水裡，腳也受傷，你們又好整以暇搞定了狙擊槍，所以一定贏定了吧？嘻嘻哈哈哈……問題就在這裡，你們只有四把狙擊槍，你們只有四把狙擊槍……你們只有四把狙擊槍……你們只有四把狙擊槍……你們只有四把狙擊槍……你們只有四把狙擊槍……你們只有四把狙擊槍……你們只有四把狙擊槍……你們只有四把狙擊槍……你們只有四把狙擊槍……你們只有四把狙擊槍……

要逮到老子！你們竟然只出動幹你娘的四把狙擊槍！

「醜男！你吃恐龍大便！」喬洛斯胡亂抓著身子，哇哇怪叫：「哇哇哇哇好痛好癢啊！你幹嘛把蜜蜂引到這裡來啦哈哈哈哈哈！」

牛仔男瞪著喬洛斯，慢慢在水底下伸出手，壓低聲音說：「槍給我。」

「啊？」喬洛斯歪著頭，兩隻眼睛的眼皮都超級腫。

「給我，等一下就再給你。」牛仔男克制著想一拳揍下去的衝動。

「真的？」喬洛斯不信。

「十秒……三秒以後就還你。」牛仔男的眉毛上浮出一條青筋。

「給你一個大爆笑！」

喬洛斯拿出手槍，根本沒對準牛仔男就扣扳機。

這是什麼情況！

砰！唐突的子彈只打到了天空。

殺意浮動，閃過子彈的牛仔男聽見遠方扣下扳機的超細微聲音。

砰！砰！

只憑著一把手槍，牛仔男對著極遠方開了一槍，又偏左快速絕倫開了一槍。

游泳池的水面揚起了一片水花。

「……」手中的槍似乎無力再握緊了。

最後出現在牛仔男眼裡的，是一起沉入游泳池水底的喬洛斯，那張荒唐笑臉。

漸漸失去了意識。

13

鷹群的特別行動組，臨時築起的核心帳篷區，已整個從綠石鎮內移動到綠石鎮外，建立在州際道路的邊緣上。

至於接獲命令的國土安全部，則調動了摸不著頭緒的軍隊封鎖了整個綠石鎮，坦克、裝甲車、直升機、小型衛星發射站、通了電的鐵絲網等等，所有應該在災難電影裡看見的軍事設備都出現了。

醫療士兵則穿戴嚴密包覆住全身的橘色隔離衣，荷槍實彈進入綠石鎮內建立緊急資訊發布中心，在重要的十字路口架起了二十幾台大型廣播器，假意維繫鎮民與政府之間的溝通管道，實際上只是想監看綠石鎮鎮民的「感染狀況」。

「現在怎麼樣了？」鐵鎚鷹坐在一台坦克的砲管上抽菸。

「國民兵已經封鎖了綠石鎮所有對外的道路。」坦克底下的聲音回報。

「下水道呢？」

「派了工兵進下水道封鎖了，抓到了幾個想從地底逃出小鎮的人，通通趕回去。」

鐵鎚鷹這菸抽得很愉快。

太有趣了，半小時前，他發了一封電報給蟬堡總部，簡單問了一句話。

這裡發生的事太有趣了，比起蟬堡行之有年的怪物互鬥實驗，現在的綠石鎮根本就是一個超大型的人性實驗室。

想想，當你一早醒來，發現自己醒在別人的身體裡，你會做出什麼樣的事？如果你醒在好朋友的身體裡，你會怎麼對待它？假使你醒在一個偷偷喜歡的人的身體裡，你能否克制住忽然暴漲的慾望？如果你醒在一個仇人的身體裡，你會如何突發奇想？如果你醒在一個完全陌生的人的體內，你會大膽地重新開始你的人生嗎？更重要的是，當你發現，不只是你，每個人都發生了一模一樣的靈魂換體，誰也不知道誰在誰的身體裡，你又會做出什麼樣的不同決定？

鐵鎚鷹遠遠地看著下午茶時間的綠石鎮，似乎很熱鬧。

等到太陽落下，入了夜的一切，都會變得更有趣吧？

道德的眞實，常常不在於你的堅持與原則是什麼，你奉行的人生金句是哪些。

而是在於，當你發現你所做的所謂「壞事」，絕對不會被任何人發現的時候，或，即使被發現了也沒人有能力對你施行懲罰，那麼，長久以來你所奉行的、所堅持的、所追求的價值還算不算數？

還是，當你慢慢發現，你去幹所謂的「壞事」並不會得到可怕的代價，或者，起初你堅持不拿別人的身體偷偷去做壞事，而別人卻拿你自己的身體去胡搞瞎搞的話，那麼，或許，就是那麼個或許，你會忽然覺得……哈哈哈哈管他的咧！別人在瞎搞！老子不發飆不就虧大了！老子現在跟隱形人沒兩樣！老子現在就是規則外的神！

當然了，總是有人能夠堅持到底。

可，到底是哪一種人能夠天人交戰到底還不屈服，不也是值得研究嗎？那種道德魔人，一定得找出來扔進蟬堡裡，看看他是否能好好存活下去。

鐵鎚鷹笑了出來，看著手中香菸。

手中這菸，是蟬堡研究的產物。基本功能來說，其一，此菸能夠有效增幅抽菸者的思考能力，協助邏輯判斷。其二，含有特殊藥草成分的菸味可以淺度催眠聞到香氣的人，增加抽菸者話中的權威與說服力，幫助在與平民老百姓溝通時達成任務。對受過氣味訓練的鷹群來說，其氣味更是一種階級記號。

鷹群只要一聚在一塊，討論事情，較量策略，就會圍成一圈抽菸。

同樣是鷹群，不同階層的管理者所抽的菸都不一樣，每一個鷹群都身著黑色西裝，在衣領上別著銀色蟬堡徽章，但交談的雙方，誰的階層在誰之上，沒有別的外在方式能夠辨識，唯有好整已暇從懷中掏出藥菸，把菸點燃，只要一瞬間就知曉彼此的職位高低，鷹群認爲這是一種優雅的、不動聲色的權力展現。

當然了，如果有任何從事臥底或特殊秘密行動的鷹群，只要一點此菸，其特殊成分的香氣就是我族的印記標誌，其餘的鷹群就會默默掩護，協助其達成任務。

鐵鎚鷹手中這菸所散發出的香氣，已令他能調動軍隊包圍小鎮，是軍事級的氣味。這當然不是他第一次號令軍方，但卻是第一次發動這種規模的場面。這種氣味眞是迷人，完全可以說是——權力的香氣吧？

年紀還不到四十歲，就能抽到這種菸，靠的可不是悲天憫人的管理者情操。

不管是不是病毒，當機立斷徹底封鎖小鎮，避免混亂往外擴大，當然是一定要的。封鎖小鎮，方便研究觀察，也能嚴密控制損害。

但接下來呢？

依照蟬堡行事的一貫邏輯，絕對不能武力滅鎮。至少不能在此時此刻滅鎮。

除了找出引發混亂的眞正原因，也得好好研究混亂本身才行。

位於沙漠底下的蟬堡，就是這麼樣的一個爛地方。那裡有一半的人，已經沒有資格稱之爲人，他們毫無罣礙地幹著亂七八糟的壞事，並且賴以維生。不夠壞很快就會遭到淘汰，是一個生存法則看似與地球表面上不一樣、實際上卻更接近眞實人性的一個地方。

現在的綠石鎮，每一個鎮民，都不是窮凶惡極的天生壞蛋，每一個都是奉公守法的好公民、好教友、好鄰居。或許，大家只是很壓抑。或許，大家過去只是缺乏做壞事的想像力。或許，大家只是害怕做壞事被懲罰的下場。

或許，或許，或許，只要稍微調整了那麼一下下，大家就會狠狠原形畢露了。

如果眞是如此，那麼，維持現代社會穩定的，就不是崇高的道德，而是害怕被懲罰的恐懼——道德就是一種防止社會崩解的負面約束力，而非正向的凝聚力。

坦克底下傳來一陣菸氣。

鐵鎚鷹聞出了，那是下屬紅髮女子的菸氣。

「總部那邊回應了麼？」鐵鎚鷹吐了一口菸氣回應。

「電報說，此次行動一切讓你全權指揮。」

意料之中。

這次若幹得好，就能抽更好的菸。

「蟲佬呢？」

「在直升機上，入夜之後才能到。」

「……了解。」

「還有一件事。」

「說。」

「四把槍，剛剛只剩兩把槍回來。」

「喔？這麼快就失敗了？」鐵鎚鷹倒沒很驚訝，那種扛不住的預感，讓他更直覺請來蠱佬加入任務是對的，才能幫助此次任務完成。

「不知道，綠石鎮的危機顯然並沒有因此解除。不過，他們倒是帶回了一個，意料之外的禮物。」

「？」

「上個月從蟬堡逃走的遊戲先生，被帶回來了。」說話的聲音明顯在笑。

鐵鎚鷹虎軀一震。

遊戲先生恰恰好在綠石鎮？

早上那四個變態所感應到的，竟然是遊戲先生嗎？

「……要請蠱佬折返嗎？」坦克下的菸氣。

鐵鎚鷹將菸彈向遠方。

14

「嘿嘿……現在是怎樣？」

歪著頭打量四周，牛仔男正站在一條陌生的走廊上。

那是一條充滿各式各樣房間的，一條彎彎曲曲的長廊。

上下左右都是一間接著一間的小房間，每個房間門板都漆著不同的顏色，材質也各異，當然有普通木板門，也有沉重厚實的青銅門，鏽跡斑斑的紅鐵門，摸起來像是輪胎的大塊橡皮做成的門，毛茸茸地毯質感的門，透明玻璃門，磁磚門，彈孔滿布的車門，聞起來像是肉桂餅乾做的門，荊棘尖刺構成的門。

不同材質，卻都畫上了子彈。幾千幾萬枚閃閃發亮的子彈。

幾百道幾千道門，通通擠在這條不斷往前蔓延的長廊的四面八方，像是史前超巨大烏賊胃裡的擁擠胃袋，而這條長廊還會因爲從房間的小小門縫裡所透出的光影、聲音，甚至是氣味，而緩緩蠕動起來。

每一個房間的背後，都隱隱約約躲藏著什麼。

「我死了嗎？見鬼了哈哈哈哈我竟然會被亂槍打死？」

牛仔男試著從懷裡掏出一支菸，於是就眞的掏出了一支菸。

他笑了笑，點起了菸：「原來地獄長這個樣子？嘻嘻……哈哈哈哈眞是超出了我的預期啊。」

一直以來牛仔男都很好奇，如果有一天死掉以後見識到了地獄，那個眞正的地獄，到底有沒有辦法比沙漠底下的那個巨大監牢來得莫名其妙呢？

「嘖嘖……有一點像是嗑藥嗑過頭啊？」牛仔男張口吐煙，隨意晃晃。

蠕動的長廊，看起來是很魔幻，絕對不是人類世界裡的東西，絕對。

不過，要說這是地獄，至少要有一兩頭魔鬼之類的吧？說好的地獄之火焚身呢？醜得要死的地獄犬呢？自己生平殺了這麼多無辜可憐的白痴可憐蟲，應該要有什麼受苦受難的報應吧？

魔鬼應該躲在門後面？

牛仔男隨手握住了左手邊一道充滿納粹塗鴉門的門把，一轉，門輕鬆一開。

□

河堤。

陰天，比人還高的蘆葦草，被閒置的廢棄鐵桶，斷斷續續的槍聲。

一個剃著納粹光頭的年輕人，約莫是十二歲而已吧？他晃盪在荒涼的河堤邊，對著一個倒在地上的光頭中年男子開槍，從肚子流出黑色的肝臟汁液。河堤旁還有很多個即將要變成屍體的更多光頭，每個光頭的身上至少都有一個彈孔，同樣都流著黑色汁液，不曉得要活活痛多久才會停止哀號。

持槍的光頭年輕人，顯然很滿意大家在那邊哀哀叫叫個不停。

「……我操！這不是以前的我嗎？」

還站在門外的牛仔男歪著頭，嘴邊的菸差一點掉了。

只見光頭年輕人在河堤邊來回走來走去，似乎在檢查每一個光頭的傷勢，不，更像是在欣賞大家瀕死的表情。肝臟中彈破裂，頂多撐個十五分鐘就會一命嗚呼，在那之前不曉得會露出什麼樣的表情是吧？那就看啊！

「就跟你們說，玩輸了遊戲就得死，怎麼那麼不信邪啊哈哈哈哈。」

光頭年輕人沒有發現門外有人在看，只是自顧自蹲下，好好凝視這些充滿恐懼的臉，他用槍頂了頂其中一個特別高大威猛的光頭大叔，說：「喂，傳說中的人生跑馬燈是不是眞的出現啦？告訴我你現在看到了什麼？」

牛仔男對這一幕很有印象。

那是他忽然脫離一個崇拜納粹價值的龐克幫派的下午。

那個陰陰的下午，空氣裡充滿了強力膠的氣味，所有人都嗑了LSD，腦了一片平安喜樂宗教祥和，忽然嗨起來的他，決定跟其他幫派成員玩一個簡單的生存遊戲——每一個人，都跟他比賽俄羅斯輪盤，只是槍口對準了自己的肝臟，而不是腦袋，理由是，他想知道肝臟中槍之後過多久才會掛點。他保證那是一場公平的競爭，誰的肝臟倒楣都是命運之神的決定。

一半的人都輸給了他的強運，在強烈的迷幻感下轟爆了自己的肝臟。

另一半的人被慘狀驚醒，拒絕再玩，於是被他在短短幾秒內一槍一槍命中肝臟。

這不是他第一次殺人。也不是他第一次把加入的幫派胡亂幹掉的經驗。

不過他很喜歡那天下午的天氣，陰陰的雲，涼涼的風，還有那些自以爲自己很罩很屌很酷很殘忍的大叔臉，在中槍後全都變成了哭爹喊娘的嘴砲。他很喜歡。

「哇哇哇眞的是不得了啊，原來這些門的背後，都是我人生的精采回顧？」

站在門邊的牛仔男瞬間懂了這一切，情不自禁地吐了一個漂亮的煙圈，讚歎道：

「這就是人生跑馬燈的眞面目！由回憶之門構成的走廊啊！」

既然差不多要死了是吧？最後的回憶跑馬燈是吧？

牛仔男當然一扇一扇門去開，去欣賞自己過去經歷的一切。

喝醉了跟人生中遇見的第一頭吸血鬼交談的內容眞是超好笑的，彼此都沒有殺掉對方，因爲實在是太好笑了忘了對幹。跟一個發瘋的越戰英雄在樹林裡對殺，自己差點死了。第一次手淫。第一次命令湯姆看他手淫。被湯姆的爸爸打到半死。想盡辦法上了湯姆喝醉的媽媽但變成被湯姆打了個半死。第一次在抽屜裡摸到一把眞槍，左輪，閃閃發亮。差點被第三個繼父雞姦。眞的被第四個繼父給雞姦。把第五個繼父的手插進果汁機裡打碎。第一次開槍就是殺人，他很喜歡第一次開槍的回憶因爲他竟然緊張到直接在褲子裡射精。第二次開槍一口氣殺了非常多人，不過沒有射精。在一場混亂的酒後鬥毆中被打到住院半年。那一次住院時在醫院的廁所裡上了鄰床的一個妓女，還有一個嗑藥的胖護士。九歲生日那天他嘗試在每一顆子彈上刻字但因爲太麻煩了而放棄。加入一個日本黑幫的第一天就見識到剁手指謝罪的超屌文化。殺了很多人。因爲除法始終學不好被數學老師處罰在講台上倒立。他燒了一棟偷偷住了很多遊民的廢棄公寓。因爲拔牙太痛了於是在手術過程中就忍不住把牙醫殺了。殺了超級多人。第一次使用原子筆寫自己的名字。第一次養狗。他喜歡狗勝過貓。在暗巷裡跟一個啞巴女孩做愛，他很喜歡那次經驗裡的所有細節所以沒殺她，只是第二天想再去搞她一次時她不見了，嗯，很有可能她逃過了一劫。他開始喜歡玩遊戲。各種遊戲。殺了很多人。第一次學會德州撲克的玩法就迷上。第一次下跳棋。他討厭跳繩。不怎麼愉快的短暫從軍經驗。他忽然決定殺了中學的數學老師於是不眠不休連續開了十七個小時的車去他家玩了一個把全家都殺光光的怪遊戲。第一次玩滑板跌斷左腿。第十七次玩跳棋輸。殺了很多人。沙漠底下眞是一個怪地方，不得不承認第一天進去時他打心底覺得自己永遠都無法活著出去。在沙漠底下默默蒐集各種零件組成第一把後座力怪異的槍。在沙漠底下用三具變性人的珍貴屍體買到十七顆子彈，在沙漠底下跟一個擁有三隻手的畸形人單挑。第一次看見子彈飛行的軌跡。第一次覺得這些子彈永遠都會受自己控制的絕佳自信感。一個叫冰塊博士的文青變態總是跟他有些話聊。他喜歡看碧絲害怕跟他視線接觸的樣子。跟一個酷愛玩蟲的老人彼此獵殺……慘敗被捕，眞是悲哀的爛回憶。

這些門，這些回憶裡的幽魂，也太多了吧。

其實活過就活過了，幹嘛要再看一次呢？只不過想到完全腦死之後，可能這條回憶長廊就消失不見了，自己也就完全不存在任何意識了，在灰飛煙滅之前不妨就這樣打發時間看看吧。

牛仔男抽著好像永遠也不會燒滅的菸，胡亂開門，關門，確認自己的的確確就是一個瘋狂的王八蛋，人生中所發生的每一件事，都有它的意義，他媽的每一件事都在幫助他，順利成爲一個無視因果報應的遊戲瘋子。

牛仔男抽著菸，欣賞著八歲的自己正在被一群鄰家大哥哥圍毆的畫面。打得眞慘。

如果那天自己就這麼被打死了，這個世界上該會有多平靜啊？

「肯恩．艾維斯，下個月滿四十四歲，愛玩槍，愛玩所有跟槍有關的死亡遊戲，因此喜歡自稱是遊戲先生，但老是錯過自我介紹的時機哈哈哈。不得不說，眞是一場精采的人生啊！」

說話的聲音，聽起來像個孩子。

聲音的主人正從那場以大欺小的霸凌悲劇邊走過，從容不迫地穿過那些回憶的幽魂，從門裡，對著門外的牛仔男說話。

他是一個金髮小男孩。擁有一對清澈藍眼睛的小男孩。

「你是誰？你也是我回憶的一部分嗎？你看起來很欠揍……我肯定殺過你吧？」牛仔男抓抓頭，像是忽然想到了什麼，露出不屑的笑容：「還是，他媽的地獄使者是個小孩子？」

「你沒有殺過我，但或許我會給你一個機會這麼做。」金髮男孩以親切的笑容代替老套的握手：「你好，我叫喬伊斯，今天我弟弟承蒙你照顧了，他玩得很開心。」

「你弟弟？你是說……」牛仔男馬上就翻了一個白眼：「那個醜男？」

「是的，就是那個開槍射中你的左小腿，又射爆蜂窩害你全身被螫爛的那個醜男。」

「……你弟弟，長得，眞是，醜死了！」

「或許是吧，希望以後你們還有很多機會可以多多討厭對方。」

兩個人，一大，一小，隔著記憶的祕門仔細看著對方。

牛仔男尙無法理解自己身處何處，但他知道，這裡應該不是地獄。

「在等我給你答案嗎？」喬伊斯微笑。

「既然這裡有那麼多我的記憶，所以，我們站著的地方，就是我的腦袋吧？」

牛仔男將叼在嘴邊的菸，吐在地上。

牛仔男將手伸進懷裡，想著要掏出兩把槍，果然就有兩把槍拿在手上。熟悉的重量與質感，淡淡的子彈火藥煙硝味，一把左輪，一把自動，都是最好的型號。在自己的腦袋裡，果然可以爲所欲爲。

「這麼說，答對了一半。」喬伊斯微笑。

「屁什麼？我不喜歡你他媽的神神祕祕。」

牛仔男滿不在乎地對喬伊斯扣下扳機。

根本沒有槍聲，子彈才剛剛脫離槍口，就變成了一顆顆晶瑩剔透的肥皀泡泡，好像牛仔男手上拿的是兩把玩具塑膠泡泡槍。

「……搞什麼？這是什麼魔術？我是在作夢嗎？」牛仔男開罵。

喬伊斯伸出手指，輕輕敲碎飛到前面的泡泡。

一敲，肥皂爆破，發出可怕的槍聲。

「是的，我們在我們的夢裡。」

「……我們的夢，嗯……開始有點意思了。」

牛仔男馬上將無用的雙槍扔在腦後，反正他知道，自己的懷裡應該擁有無限多的手槍，如果自己願意，拿出一支火箭筒都沒有問題。只是這些手槍在這個夢境裡，對這個小男孩根本毫無作用。

且這小屁孩剛剛說，是「我們的夢」，而非「你的夢」，這話中的含意解釋了很多。

「我們一起作了，同一個夢是吧？」

「完全正確。」

「但爲什麼你可以自由偷看我的記憶，我卻看不到你的。」

「因爲我是夢的神，在夢的世界裡，我們的力量是完全不對等的。」

喬伊斯笑笑地解釋了這麼一句話，便令牛仔男迅速理解了這是怎麼回事。

牛仔男哈哈大笑了起來。

「原來不是你那醜男弟弟啊！我特地開車過來殺的怪物，就是你！」

牛仔男拍案叫絕。

是了！

這傢伙可以隨意操縱其他人的夢來的！

不僅如此，就像他正在對自己做的事情一樣，他還可以在別人的夢裡，將每個人的記憶啊潛意識之類的什麼鬼的看個精光！這根本就是超級無敵偷窺王嘛！有研究腦波的專家說，在現實世界睡上一秒，在夢中大約可以經歷一個完整的故事，如果這個小鬼在自己的夢裡待上十分鐘，等於在自己過往的人生裡劫掠無數的記憶！

哈哈哈哈哈牛仔男憑藉著在沙漠底下鍛鍊出來的恐怖聯想力，馬上就猜想到……

「哈哈哈哈所以！現在這個小鎮每個人都在鬼叫自己的身體不見了！也是你搞的鬼吧！太棒了你這小王八蛋！原來你可以隨便掉包別人的記憶啊？」

牛仔男越說越興高采烈了：「就像我看到的我的夢，這些亂七八糟的我的記憶都變成了一大堆門背後的世界，門啊門！眞是適當的打包方式啊！嘻嘻哈哈哈你也可以隨便把我的記憶打包起來！亂倒在別人的腦袋裡，讓我進入別人的身體是吧！你果然非常恐怖啊臭小鬼！」

完全想通了，牛仔男簡直就是拍案叫絕，大吼大叫：「你竟然一口氣整了一整個鎮的人！你眞的是！超！級！王！八！蛋！啊！」

吼叫聲中充滿了佩服！

「辛苦了，千里迢迢跑來被虐。」

喬伊斯噗哧笑了出來，眼睛都瞇成了一條可愛的線：「不過你還沒碰到我，就被我弟弟給擺平了。單純比壞，你可是完全追不上他，遊戲先生，你只是比他還會使用子彈而已。」

「……」

被糗了，遊戲先生看起來很不爽，不過他知道現在自己完全無計可施。

超級，百分之百，徹底，理解。

「從剛剛我中槍的那一刻起，我就錯過了，唯一可以殺死你的機會是吧？」

「是的，只要你在我的腦力範圍內睡著過，我就有機會進入你的夢，在潛意識裡完敗你。」喬伊斯坦然地說：「縱使我可以操縱一些人的意識，跟大幅強化他們的肉體，當作刺客去挑戰你，但始終保持清醒的你，應該可以輕鬆擊殺他們。你的槍法，非常驚人，我經常在你九死一生的記憶裡為你鼓掌。」

「所以超怕輸的你，先派你弟弟跟那些槍手來對付我。」

「都說了要比壞，你根本就贏不了我弟弟。」喬伊斯搔搔頭，臉角露出無天眞無邪的酒渦：「喬洛斯是自己隨便在鎮上亂玩一通時，恰巧找到你一起玩的，我只是……」

牛仔男又想通了。

「你只是進入那些被我開槍打中的人的腦袋裡，硬逼著他們不死！硬逼著他們站起來跟我鬼扯！原來是不是那老王八蛋搞的鬼！」牛仔男忽然暴怒：「操！操你媽！那是我跟你弟弟的遊戲！你幹嘛插手！害我跟他的比數亂七八糟的！」

「至於那些槍手，雖然他們的出現不能說跟我無關，但槍手並不是我派去殺你的。事實上他們也一起抓走了我弟弟，我正在爲這件事犯愁呢。」

「哼哼，那些槍手是蟬堡……你這個偷窺狂，已經知道蟬堡了吧？」

「蟬堡似乎是一個很有趣的地方，我隨意翻看了你的記憶，但還沒仔細研究，以免破壞了我將來去玩的樂趣。」喬伊斯悠然嚮往：「你知道的，第一次的體驗總是無可取代。」

「那你犯什麼愁？你不是自認超級無敵嗎？」

「那些你口中的鷹群，跟他們帶來的槍手，來到綠石鎮只有短短幾個小時，並沒有人眞正睡著過，我搞不定他們。偷閒打盹的，只有一個前來支援的聯邦國民兵。」

「……怎麼？想說什麼就說啊？」牛仔男冷笑。

「等一下，如果你清醒過來的話，我想麻煩你帶我弟弟回到我身邊。我昨天這麼一大鬧，今天鎭上來了很多牛鬼蛇神，比我預先想像的還要有趣，我得就近罩著喬洛斯，跟他一起對付那些糟糕的大人，那才更好玩。」

「沒睡著過就擺不平的意思……」牛仔男哼哼兩聲，當然知道其中的意思。

「當然就是指，只要被我進入過他的夢，我就有無限多的時間在他的腦袋裡開後門，方便我自己進出，也方便我隨意調換這些被我開了腦意識後門的身體。」喬伊斯嘆了一口頑皮的氣：「也就是說，從現在開始，你已經被我打敗了，敗得一塌糊塗，敗得毫無反擊之力，敗得肝腸寸斷啊。」

「哈哈哈哈哈哈哈哈哈哈我爲什麼要幫你啊！」

「因爲你太想親眼看看我了，你想試試看，你的意志力能不能超越我的控制，把你手中的槍，對準我，然後像你過去那幾萬次的扣扳機一樣，將子彈射入我的大腦裡……」喬伊斯的眼睛閃閃發光：「而這件事，只有在你完全清醒時，握著眞實的手槍，才有一點機會辦得到。」

「誰要聽你的啊！嘻嘻嘻嘻哈哈哈哈！」牛仔男大笑，笑到眼淚都快噴出來了：

「現在是你有求於我！當然要照我的規則來啊！」

「說來聽聽。」

「你！如果我把那個醜男活生生帶去你身邊，你就不准再進入我的腦袋！從下一次見面開始，我們重新對著幹一次！」牛仔男咆哮。

「你不再睡一次的話，我眞的很難對付你呢，不過……這才有意思對吧？」

「什麼這才叫有意思！剛剛我會睡著跟你一點關係也沒有！那些槍手又不是你找來噴我麻醉彈的！你贏得太僥倖了這也算得了數！你好意思靠著別人賞賜的運氣贏我！你好意思！」

喬伊斯笑了。

他太喜歡輸不起的表情了。

「可以，重新開始一次你我之間的遊戲，對你比較公平，畢竟看你輸到崩潰的臉也是一個理想的期待。」喬伊斯伸出大拇指，手指上閃耀著金光：「好，我答應你。」

雖然感覺很娘砲，牛仔男還是勉強自己伸出手。

「下一次，當你帶喬洛斯來到我身邊，別再忘記自我介紹了。」

「我會，玩死你們。」

拇指碰拇指。
叮咚。

15

努力睜開眼睛前，牛仔男打了一個意識之外的呵欠。

果然沒死成。很好。

他特別喜歡活著，因爲可以一直看很多人死掉。

脖子有些僵硬，呼吸也無法太用力，肋骨有些痛。昏沉沉的，口乾舌燥。

牛仔男這才呆呆地睜開眼睛。

天花板很低很低，深黑色的，看起來軟軟的，感覺有些晃動。

是風在吹。

不，不是天花板，是帳篷。

黑色的帳篷。

然後是氣味。

熟悉的，厭惡的，像是曾經黏著在鼻腔深處的那種討厭。

「你今天運氣不太好……對了，帽子暫時掛在這邊可以嗎？」

「……」

說話的，是鐵鎚鷹。

鐵鎚鷹的身邊，站了另外五個黑衣人，六支菸不疾不徐地抽著。

「四個狙擊手，讓他們活下了兩個，你啊你到底是怎麼搞的，沒吃午餐所以血糖太低了嗎？眞是……當初你到底是怎麼逃出蟬堡的啊？」鐵鎚鷹讓菸氣自然而然從嘴角飄出：「該不會是剛剛好，逮到了什麼好機運吧？」

「嘻嘻……哈哈哈……」牛仔男嘿嘿笑道：「你的菸，味道不錯啊，看來你就是這裡的頭了？」他試著移動一下手指，只感到微冷，沒有大礙。

鐵鎚鷹感覺到了牛仔男的自我試探，索性伸出手。

「鐵鎚鷹，多多指教。」

牛仔男也大方伸出手，兩人握住。

一雙殺人無數的手。

一雙逮人無數的手。

「不自我介紹嗎？」鐵鎚鷹淡定地看著牛仔男的雙眼，感覺著那隻手傳來的力道：「資料上說，你很喜歡來自我介紹這一套，只是常常忘了。」

「不在這種情況下自我介紹。」牛仔男自我調侃，將手抽回：「手上沒槍啊，有點糗。」他對鐵鎚鷹那沾滿菸垢的手沒有興趣。

鐵鎚鷹笑了。

他身後的五名黑衣人也笑了。

「是很糗，如果他們用的不是我交代的麻醉彈，幾個小時前你就死了。」

「被你們逮到眞好，說不定我是故意的。」牛仔男賊兮兮地轉著眼睛：「你們幫我的腳包紮好了，肯定還餵了我抗組織胺、消炎藥、抗生素、止痛劑等等等等的，大概，還讓我吸了不少鎮定氣吧？」

「那倒是沒有，怕你昏得太厲害，一邊說話一邊流口水，會更難看。」

「眞是太體貼了，不過現在是幾點啊？天黑了嗎？我好像睡得不夠飽。」

鐵鎚鷹沒有回答。

他不能就這麼讓牛仔男隨便牽著鼻子走。

「這個小鬼是誰？爲什麼你要跟他一起行動？」

鐵鎚鷹視線落在牛仔男旁邊的小床上，上頭睡死的當然是喬洛斯。喬洛斯的臉上原本腫了好幾個大包，但在抗組織胺的威力下迅速消腫了不少，副作用則讓這個小魔星呼呼大睡，還發出斷斷續續的鼾聲。

「一個嘴巴超臭的爛小孩，低能兒智障屁眼長在肚臍上干我個屁事，快點把他殺了，記得從手指跟腳趾慢慢往裡頭剁碎啊，別讓他死得太舒服了他媽的還打呼！」

「監看情報說，你好像被他整得很慘？說來聽聽。」

「情報？哪來的情報？暗算我的那四個殘障告訴你的嗎？」牛仔始忿忿不平，嘀嘀咕咕：「不是還活下了兩個嗎？在哪？出來讓我認識一下，出來出來出來，躲在帳篷外面嗎？」

鐵鎚鷹吐出一口長煙。

牛仔男是蟬堡裡頭，最最最出類拔萃的王八蛋之一。

他的本事，基本上鷹群也瞭若指掌。神槍手，自稱能聽見子彈的內心話，支配彈道，操縱死神，閉上眼睛照樣百發百中，任何手槍在他的手上都跟狙擊槍沒兩樣，不管多遠，命中目標前完全不必瞄準，子彈在周圍環境裡的所有反彈軌跡都預先刻在他的靈魂裡。槍就是他身體的一部分，扳機好像直接連結上輸精管，扣扳機就等於射精，子彈有幾顆，就能得到幾次高潮。最頂尖的天生殺人魔。

蟬堡困不住牛仔男，可，一旦沒有槍，他就跟尋常的中年大叔一樣。

完全不懂格鬥技，只能勉強應付最粗糙的打架，就連鷹群裡最弱小的成員都能輕易撂倒他。爲了防止牛仔男在帳篷裡奪槍硬闖，這六隻滿身菸氣的老鷹身上都沒有帶槍，加上帳篷外有上百名聯邦國土安全局的部隊隊員巡守，個個荷槍實彈，牛仔男一點機會也沒有。

在這頂用來訊問的軍事帳篷裡，用來束縛牛仔男的，只有一副細長的金屬手銬。

「據說，你自稱領悟了在殺手暗黑世界裡傳說中的『槍神奧義』，就連子彈都不敢擊中你？」鐵鎚鷹歪著頭，故意噗哧一笑：「我看，你所說的子彈，應該不包含麻醉彈吧？」

「當然不包含啊！這個新發現實在是太教我吃驚啦哈哈哈！我得趕緊做筆記提醒我自己才行……紙筆有沒有啊這裡？」

鐵鎚鷹刻意放慢語速：「你來綠石鎮，不是巧合吧。」

「你說你叫大笨鎚什麼的是吧？嘻嘻……你們來得太晚，光是看報紙，就該發現這裡藏著一個大怪物哈哈哈哈，你們竟然拖到那個大怪物把整個鎮都玩爛了才來，真的是……哈哈哈哈哈哈哈哈！來得好不如來得巧！」

大怪物？

牛仔男對這裡發生的怪事了解多少？

「你想跟引發怪事的……某個東西絕一死戰，所以特別跑來這裡？」

「哼哼哼哼。」牛仔男看起來很跩。

嗯，沒關係，這樣的目的非常好，這樣的巧合也完全沒有問題。

「嗯，那就不僅合情合理，而且還陰錯陽差，讓我們提前逮住了你。」鐵鎚鷹似笑非笑：「按照程序是這樣的，你成功逃出了蟬堡，依照我們做事的標準，你是不必再回去了。」

「……」牛仔男翻了一個誇張的白眼。他知道等一下會聽到哪一句經典對白。

「你得加入我們。」鐵鎚鷹自己都笑了出來。

「眞是太驚喜了！眞是世界無敵大驚喜啊！」牛仔男誇張地大叫，簡直就要用力鼓掌了：「這種機會肯定不是年年有天天有！天啊我眞是哪來的狗屎幸運啊何德何能可以加入你們這些腐爛的臭老鷹，跟你們圍成一個圈圈狂哈菸哈到整個人都像狗屎一樣臭啊哈哈哈哈哈！你早該跟我說的嘛我就不用這麼麻煩啦哈哈哈哈我要塡什麼報名表之類的嗎通通給我拿過來啊不要客氣！從今以後大家都是一家人了嘛哈哈哈哈哈哈！說眞的蟬堡這種高級到不像樣的機構肯定有提供全額社會保險的吧？」

鐵鎚鷹看著牛仔男瘋狂的嘲諷，沒有點頭，也沒有搖頭。

他的眼睛裡，只有精細的沉靜。

「你會慢慢感到興趣的。從今以後，你的殺人執照就用來幫助我們，逮住那些不成熟的下三濫變態，把他們扔進蟬堡裡好好鍛鍊，就跟以前還不成氣候的你一樣。」

鐵鎚鷹在菸氣裡說的，就是蟬堡的秘密遊戲規則之一。

破關了，就得到蟬堡體系的獵捕者執照，捕捉更多符合闖關資格的人進去。這跟其他受僱於鷹群的退役特戰部隊隊員不一樣……他們只能應付一般失控的殺人鬼，今天誤打誤撞錯用四個殺人鬼就逮到了蟬堡的破關者，實在是異常幸運。不過，牛仔男卻依然倖存，這種異常幸運的異常，也是蟬堡特別需要的、格外重視的——關於，命運的研究。

蟬堡不會忽視運氣在行動上的必須，運氣，絕對也是實力的一部分。擁有運氣與實力兼具者，最後還能參與一項驚人的計畫……

「沒有你們賞～～賜～～～的什麼鬼殺人執照，我還是照樣殺來殺去啊！哈哈哈哈而且變態那麼多，比你們想像的都還要多，你們是無法壟斷所有的變態市場啦！我單槍匹馬到處開槍，除了殺變態爲民除害，我還可以，咻咻砰砰！殺警察，殺老百姓，隨便，隨我高興！」牛仔男相當嗤之以鼻。

殺人還需要執照，那眞是殺個屁人。殺人就是要不合法不合理不合情，必須引來很多麻煩跟災難，這樣才可以在殺人的副作用迴圈裡越殺越過癮，還可以超討人厭——這才是眞正的恐怖！眞正的自由！

「聽起來挺不賴的。」鐵鎚鷹倒也輕鬆承認。

「哈哈哈哈哈哈哈哈哈哈我才不要被你們管咧！」

「不過照我說啊，如果你加入我們，就可以跟那些最頂級的，當然，也通通都是成功逃出過蟬堡的超級殺人魔當同事，當同事的好處就是——你再也不必害怕面對他們的追捕了，你就是他們，他們就是你。你說，是不是比你幻想擁有的自由，還更划算？」

「我要殺光他們！他們根本不會是我的對手！哈哈哈哈哈哈儘管來吧！」

鐵鎚鷹點點頭。

這樣的氣勢的確很棒，很符合鷹群獵人的資格。

只不過還有一些規矩必須教育。

「蟲佬晚一點就會到了，你自己跟他說。」

輪到牛仔男不說話了。

這個奇怪的名字彷彿塗滿了致命毒液，滲進了他的記憶，牛仔男的瞳孔縮成了一個最小最小的圓點。那是恐懼，也是憤怒。不過結晶在臉上的，是冷笑的表情。

在這裡，只要在這裡一直等待，就可以再一次跟那老頭對幹一次是吧？

好啊。

那很好啊。

那就放馬過來。

我的子彈已經跟以前不一樣了。這個世界上，沒有我的子彈打不爆的東西。不管是什麼亂七八糟的爛東西，一發子彈不夠，我就用兩發子彈。兩發子彈不夠，我就射十發子彈。在所有的子彈用光之前，只要那老頭先倒下，那些一直在惡夢裡爬來爬去的怪蟲就會消失了吧。

六支菸，六雙充滿好奇的眼睛。

六個黑衣人欣賞著牛仔男混亂的情緒。

最近這幾年只有這個男人從蟬堡逃出，眞好奇曾經擊敗過他的蟲佬，到底帶給他什麼樣的恐懼過？

蟬堡相信，恐懼就是生存的關鍵力量，就跟以前發生過無數次的例子一樣，恐懼也讓這個男人成長了，成長到足以再跟蟲佬對決一次的程度。未來，他們見識到了蟬堡令人恐懼的幕後因果，他們還會遇到更恐怖的慘事，爲了不被恐懼吞噬，他們一定會強迫自己成爲反過來吞噬恐懼的更強怪物。眞是令人拭目以待啊。

令人厭煩的鼾聲停止。

喬洛斯呼嚕嚕地睜開眼睛，流著兩槓黃橙橙的鼻涕。

「……醜男，你醒啦？」喬洛斯迷濛的眼角，都是結成鹽粒的眼屎。

牛仔男瞪了他一眼。

「小朋友，你好。」

鐵鎚鷹微笑，嘴角一邊流出菸氣，一邊友善地伸出手。

「你的嘴巴好臭，你的菸跟你媽媽的屁眼一樣臭。」喬洛斯用嫌惡的表情看著鐵鎚鷹的手，說：「你的手該不會剛剛打過手槍吧？唉呦好髒喔不要過來。」

「哈哈，的確是該慢慢剁碎啊。」鐵鎚鷹哈哈一笑，將手伸長，摸摸喬洛斯的頭。

毫不遲疑，喬洛斯放了一個又臭又響的屁。

濕濕的屁味瀰漫，將六支菸的權力氣味全都薰得毫無價值。

「你一摸我的頭，我就放了一個屁，所以你的超能力就是摸別人的頭就可以逼人放屁嗎！」喬洛斯看起來很驚嚇，怪叫：「好糟糕的超能力啊！你是——臭！屁！俠！」

不等鐵鎚鷹回話，喬洛斯轉頭看著牛仔男：「醜男！我哥哥說他跟你約好了，叫我帶你來我家玩遊戲，還提醒你千萬別忘了自我介紹啦！」

牛仔男舉起自己的手，雙手都上了銬。

「怎麼去啊？」

「你雖然很醜，但你把這裡所有人都殺光，我帶你去找我哥。」

牛仔男再度晃了晃手銬，白眼強調：「我說，沒槍，怎麼去啊？」

喬洛斯吃吃地笑：「我哥會叫人拿給你啊。」

「殺光沒問題啊，但我想留下這個人，幫我帶個口信給老王八蛋。」牛仔男指了指鐵鎚鷹，一副慈悲爲懷的表情。

「好啊。」

「所以到底我的槍在哪？」

鐵鎚鷹冷笑：「是啊，那你的槍呢？」

忽然，帳篷打開。

一個滿手是血的大兵笑嘻嘻地站在門口，他的身後橫七豎八倒了好幾個人。每個人都不成人形，不是腦袋缺一塊，就是胸口被穿透，好像近距離被小型砲彈打中似地。

六隻老鷹大吃一驚。

「哈哈哈哈哈你就是老大說的手槍醜男啊！」

大兵咧開嘴大笑，拿出插在口袋裡的兩把軍制左輪手槍，大叫：「你的槍！」雙槍還未扔出，兩個距離他最近的老鷹已快速絕倫地衝向他，一男一女，一個擒拿壓制，一個閃電飛踢。

亂入帳篷的大兵一手抓住男老鷹的擒拿手，直接折斷撕裂，另一手接住女老鷹的腳踝，一扭，腳掌竟活生生被扯了下來——這是何等雄渾的手勁！血肉模糊！超級暴力！

老鷹慘叫聲中，兩把軍制左輪手槍以邪惡的拋物線落入牛仔男的手中。

牛仔男嘴角一揚。

「PARTY PARTY PARTY！」

時間凝縮，子彈飛揚。

喉心，眉心，太陽穴，心口，眼窩。

子彈反彈又反彈，最後一顆流彈恰恰好擊碎了牛仔男手上的手銬。

「你哪位？」

牛仔男這句話一說完，五個黑衣人剛剛好全倒下。

鐵鎚鷹強自鎮定，臉上都是從同伴身上噴濺出來的灼熱鮮血。

「記住啦！我叫鐵腕碎石機！呀呼！」

剛剛睡醒的大兵哈哈獰笑，衝出帳篷繼續他意猶未盡的玩樂。

「老大說我可以放風到被亂槍打死啊！哈哈哈哈哈！但我可沒有那麼容易死啊！你們要加油一點！對對對！看我把你們的腦袋通通扭下來喔喔喔喔喔喔喔！」

失控大兵的聲音越來越遠，慘叫聲越來越多。

在大兵贏得滿身彈孔之前，不知道地上還會多出幾具支離破碎的屍體。濃濃的血腥味蓋住了殘餘的菸味，帳篷裡多了很多紅色。

「你說你叫什麼鷹？大笨鷹？大笨鎚子鷹？」

牛仔男一腳踏熄了鐵鎚鷹剛剛還捏在手上的菸，慢慢地踩爛。

「聽好了，我先去找那個大怪物玩去，你叫那個老頭自己小心一點，這個小鎮，可是一點都不簡單啊哈哈哈哈！」牛仔男雙槍在握，神氣活現：「別在跟我決一死戰之前，就先被那個大怪物給撂倒了啊！」

「完全理解。」鐵鎚鷹凝視著喬洛斯。

喬洛斯在其中一名黑衣人的屍體上又蹦又跳，像一隻嗑了興奮劑的跳蚤。

「我要槍！我也要槍！醜男！分我一把槍快點快點！」

喬洛斯跳跳跳，跳跳跳，腳底下的屍體發出古怪的撲通聲，胸膛上的彈孔都給跳出好多血，小噴泉似地。

鐵鎚鷹的眼睛依舊凝視著喬洛斯，咀嚼著他剛剛所說的每一個字。

牛仔男拿起剛剛被掛在一旁的牛仔帽，在如鏡子般的血泊前蹲下，妥妥地把帽子戴好，一副快被自己帥死的怪模怪樣，這才得意洋洋地站起來。他抖了抖腳，似乎正在掂量腳傷的狀況。嗯，還可以，他的嘴角這麼表示。

「誰要給你槍?想要槍的話自己撿!」

「好啊我自己撿!我要用機關槍!答答答答答答答答答答答答答答!」

「臭嘴小屁孩,你給我好好跟在後面,我們去找你哥玩遊戲了。」

「好耶!找哥哥!找哥哥!找哥哥!找哥哥!」

一大一小,兩個大小壞蛋,就這麼大剌剌離開帳篷。

□

站在同伴的屍體邊,鐵鎚鷹整理衣領,從懷裡摸出一根菸。

冷靜地點燃,手指一丁點兒也沒有發抖。

……這裡的聯邦部隊是困不住他們的。

不過,這也不必擔心,畢竟他們要去的地方,還是封鎖線裡的綠石鎮。

那裡,必有一個令牛仔男鍥而不捨的理由。

一個被那個口無遮攔的爛小孩稱爲「哥哥」的……大怪物?

鐵鎚鷹的眼神,淹沒在細細灰灰的煙霧裡。

依稀,嘴角勾了起來。

「中大樂透了。」

16

傘兵連隊專用的突擊直升機上，只能聽見螺旋槳的嗡嗡聲。

偌大的機艙裡，負載著五個訓練有素的職業軍人，以及一個矮小老人。

一臉嚴肅的湯姆上尉，正襟危坐，眼神剛毅，今天負責護送那一個老人到內華達州，一個叫綠石鎮的地方。

這個矮小老人顯然是一個極其重要的人物。

上級交代，盡量不要跟這個老人有視線接觸。除非這個老人主動開口詢問問題，否則禁止與老人交談。即使交談，也要保持一公尺以上的距離，以最短的答覆，動作最小的嘴型，迅速結束談話。好像這個老人不僅重要，還有很多古怪的人際小毛病似地。

在湯姆的麾下還有四個陸戰隊隊員同行，都是湯姆非常信任的下屬，個個經歷了嚴酷的戰技訓練，他們每個人都揹著小型降落傘，能夠在高空中抱著老人往下跳，以應付突發的劫機事故等等無法估算的災難。

老人很矮很小，眼睛的色澤像是混了拉丁美洲的血統，小小的身軀凝縮在一身由異色破布拼湊而成的寬大衣服裡，偶爾露出的皮膚龜裂得非常厲害，好像血肉裡完全沒有水份似地。

雖然被交代不准跟老人各種接觸，實際上老人自己也很沉默。

打從接老人登機後，老人就一直看著自己的手掌上的小盒子，沒跟誰說話，沒討過食物或水喝，也沒開口說要便溺。這老人本身就是一個謎團，相當符合秘密任務的要件。

四個陸戰隊下屬同樣一言不發，就連偶爾的眼神交換都省下來了。一般出危險任務時，大夥兒都會在直升機上高談闊論，說些自吹自擂的鬼話壯壯膽，今天倒是辛苦他們閉上一口垃圾鳥嘴。

「……」

湯姆一直很想進去那一個神祕單位。

那個神祕單位的人，總是不斷不斷不斷地抽菸，抽菸時，那些看起來高深莫測的人絕對穿著一身黑色西裝，胸口別著銀色的小徽章，沒有性別年齡的刻板階級區分，常常可見女人或年輕人趾高氣昂地命令著其他單位配合，不管是ＦＢＩ或是ＣＩＡ，都得聽從他們的領導，一句頂撞都沒有，看起來一切以實力標定自己在組織裡該屬的位置，這一點，非常吸引厭惡官場裡奉承文化的湯姆。

難題是，湯姆不知道要做什麼了不起的事，達成哪一類型的任務，才能獲得進入那個神祕單位的資格，就連那個神祕單位叫什麼名字，縮寫是啥，湯姆都一無所悉。

只知道，這個神祕單位對他做出任何的指示，湯姆都必須完善執行，如果在執行任務過程中遇到一些麻煩也不錯，正好可以凸顯出他解決問題的能力，藉此獲得青睞。

回想兩個月前，有一個腦袋壞掉的退役軍人拿著霰彈槍跑到動物園裡，對著一群驚慌失措的猩猩跟猴子開槍，嚷嚷什麼：「別再進化了！人類不是你們這些畜生可以靠近的！想辦法……想辦法進化成別的東西！你們難道不想飛嗎！長出翅膀啊混蛋！」共計殺了七隻黑猩猩、五隻紅毛猩猩、八隻長臂猿猴、十六隻長尾葉猴，受傷的大猩猩不計其數。最後那白痴把子彈用光了，揮舞一把淬了劇毒的大砍刀跟一頭銀背猩猩搏鬥時，被中毒的銀背猩猩打趴，才結束了那一場恐怖的鬧劇。

當時，這個神祕組織又來了。他們命令封鎖整個動物園，在媒體介入前帶走了那個瘋子，以及中了劇毒的銀背猩猩。而湯姆就在幫他們把那頭猩猩運送到附近的醫院緊急治療時，在軍用救護車上緊急切除了猩猩中毒的左手臂，救了那隻大猩猩一命。湯姆猜想，一定是那一個果斷的決定，讓自己「得到」這次護送神祕老人的新任務。

湯姆好像，稍微接近了神祕單位一小步。

他也想跟那些黑衣人一起抽菸。

他們總是圍成一個小圈圈不斷不斷地抽菸……

17

這個世界上，有些人跟其他人不一樣。

不多，但不一樣。

有人天生不被財富吸引。

有人即使沒有性愛也不會遺憾。

有人對名聲沒有追求。

有人對造福人群毫無渴望。

他們似乎對這個世界不感興趣。至少，對你所理解的世界不感興趣。

傘兵突擊用的大型直升機上，耳朵裡都是螺旋槳刨風的巨響。

連續幾個小時了，蟲佬沒有小憩，也沒有閉目養神，他只是專注地看著手掌上的小盒子，小盒子裡有兩條小蟲，一隻金色，一隻紅色，兩隻頭尾交互纏疊的，各自不到一公分大的小蟲。牠們正在瘋狂交配。

如果你能夠讓原本並不交配的兩隻蟲種產生異種繁衍的衝動，並眞正誕生新種，那即是你能控制這兩種蟲的最佳證據。新生命的上帝。蟲佬可以感覺到小小的身軀裡正激昂著巨大的情慾，那是生命裡最強的能量，精液就是宇宙中最原始的創造元素，是結晶，加上一點點幸運的話，就有機會孕育出前所未有的新生命。

到底是多久以前了呢？還活在庸俗世界頻率的時候，蟲佬是一個呆板的昆蟲學家，追求著學者的名利事業，在某趟學術研討會上遇到一些倒楣的衰事後，不意外被列入失蹤人口，扔進了沙漠底下。

在那個嚴酷的莫名地獄裡，一個詭異的瘋室友對他強制進行的惡搞實驗，這個昆蟲學家用脫胎換骨的痛苦認識到了「蠱蟲」的存在。他親身體驗，歷經摧毀重生，然後慢慢學習，最終默默展開更大規模的人體實驗。

蟬堡裡的苦難倒楣鬼們，爲他起了個名字，蟲佬。

蟲佬對這些小蠱蟲感到興趣。這些蠱蟲，幾乎沒有一條被科學家眞正研究過，數量稀少，習性特異，無法記載於生物百科全書，只能勉強以廣義的「蠱蟲」稱呼它，才能負載其神祕的傳說——雲南苗疆，海地巫毒，東南亞降頭。

只要小小的一條蟲，一進入人體，就能迅速控制神經中樞，進一步摧毀意識，令其完全聽命於施蠱者。每一條蠱蟲，有名字的，沒名字的，都有不同的異化功能，能激發所寄生的軀體發揮不同性質的力量——力大無窮、發出震耳巨吼、身手迅如閃電、噴舌如子彈、指力如槍等等。

蠱佬當然是蠱術的佼佼者，但看過許多文獻記載的可怕傳說之後，蠱佬認爲自己還沒眞正踏入蠱術的最神祕境界。想盡辦法得到更多稀奇古怪的小小蠱蟲，進行微世界的研究，再慢慢培養出更多這個世界上還不存在的蟲種——這才是蠱佬對這個世界唯一的關心。

那一年，蠱佬從蟬堡裡胡亂逃出去後，展開長達兩年的蒐集蠱蟲的旅程，卻發現沙漠外的世界有太多限制，比不上蟬堡裡的自由自在，於是主動返回與鷹群合作，成爲蟬堡的鷹爪，以他獨特的蠱蟲研究負責應付最嚴重的狀況——獵捕殺人魔，對抗凶魔，壓制奇特病毒。當然了，蠱佬也從與蟬堡合作的奇特任務裡，得到了無數次實驗蠱蟲的機會，當作是交換。

手掌上的木製小盒子裡，那情慾綿綿的交纏終於戛然停止。

金色的小蟲在一陣哆嗦後僵直了，紅色的小蟲則緊緊蜷縮身體。

這個狀態持續了很久很久，蠱佬的眼睛一刻也沒有離開過牠們。

失敗了嗎？難道不是一種高潮後自然僞死的擬態嗎？牠們繁衍下一代的慾望，還是無法克服彼此的毒性嗎？凝視了好久，確認了好久，蠱佬才深深嘆了一口氣。難掩沮喪的他，將這兩條蟲放進另一個盒子裡，讓其他的蠱蟲吞食牠們的殘軀。

……孕育新種果然很不容易，最近幾個月都沒有太多的進展。

剛剛電報裡要他去應付的狀況，似乎是一種新型病毒，症狀疑似「造成患者之間進行意識交換」，癱瘓了一整個小鎮。電報囑咐他在前往的旅程中好好思考戰鬥策略，必須，務必，得將病毒完美地帶回蟬堡的實驗室進行更進一步的研究。

……好久沒跟殺人魔之外的東西交手了。

蟲蟲對抗病毒，聽起來也滿好的。希望自己身上攜帶的一百多種蟲蟲裡，能夠有一種可以吃食病毒而不致死，然後將病毒當作養分轉化爲基因進化的關鍵。

勉強以可能發生的好事安慰自己，蟲佬微微笑了。

這個笑，彷彿撕裂了空氣，吸引了湯姆多看了蟲佬一眼。

「……」湯姆旋即低頭避開視線。

那老頭在怪笑什麼呢？看起來怪恐怖的。

但也就是剛剛這一個抬頭，讓湯姆意識到同伴的異狀。

四個坐在蟲佬周圍的陸戰隊同伴，都不斷揉著眼睛，好像吹進了小砂。

湯姆一開始並不以爲意，但他們一直揉個不停，實在也揉太久了。

「……喂？沒事吧？」湯姆輕聲詢問。

不知道是不是螺旋槳的聲音太大，四個同伴沒有理會，繼續揉眼。

湯姆也不以爲意，只是順勢又多看了蟲佬一眼。

蟲佬竟直直地看著湯姆。

「……」湯姆微微點頭示意，表現最微量的友善。

蟲佬沒有笑，沒有任何多餘的社交表情。他只是專注地看著湯姆。

「你是軍人，一定在戰場上看過很多光怪陸離的事吧？」

竟然就這麼開口了，蟲佬沒有想像中的架子。

湯姆微微皺眉，但還是僵硬地點了點頭。

「你知道，這個世界上，有一種力量，可以自由操縱屍體，讓屍體循著過去刻劃在神經與肌肉裡的戰鬥記憶行動？當然，只是一些簡單的動作，但因爲已經無視死亡，就是能發揮得比活著的時候還要好。你知道的，是吧？」

湯姆搖搖頭，這種事當然是恐怖小說的情節。

「我養的蟲，再怎麼厲害，都只能讓一個活人像死屍一樣戰鬥，卻不能讓一個死屍像活人一樣戰鬥。我一直在想一直在想一直在想，這中間的差異，很有問題，非常有問題，那種操縱屍體的力量讓我非常羨慕。我還有很多事不夠了解，我只能祈禱那種力量不是我沒有能力追求的法術。你知道的，我是科學家，不是魔術師。」

這老頭在胡說什麼啊？

什麼蟲？是那些「抽菸的黑衣人」實驗品嗎？

「所以，我一直在想，一直在想一直在想，在法術之外，這個世界上蟲這麼多，說不定有一種蟲，眞的可以令死人復活……不，別誤會了，當然不是完全的復活，我指的是令死亡的神經組織重新活化，用蟲蟲本身的意識取代人的意識，這樣子只要蟲不死，人的軀體就能夠繼續活動下去，你是軍人，見多識廣，所以一定聽得懂我在說什麼吧？」

湯姆禮貌地點點頭，心裡不禁想……這老頭奇怪的談話內容，是不是也是任務的一部分？他在暗示什麼？

「這個世界上所有特別聰明的動物都很容易因爲沒有頭就死掉，但是結構越簡單的東西就越不容易死，爲什麼？因爲沒有頭。沒有頭，自然就不會因爲頭不見了死掉。同意吧？」

湯姆點點頭的時候，意識到自己正在揉眼睛。

眼角有一點點癢，大概是直升機裡的空氣懸浮著細細的灰塵吧。

「但是簡單的生物有個問題，就是智商不高，即便是群體意識堅強，一條蟲的智商也才0.0000001，一百萬條蟲的智商加起來也不過0.1，要湊到十億條蟲蟲，我才能湊成智商一百的……一個什麼東西。但你知道十億條蟲蟲是什麼概念嗎？我得讓蟲蟲長在鯨魚裡才行。長在鯨魚裡的蟲蟲這個概念有多不可思議你知道嗎？我一直在想一

直在想一直在想，這個概念比找到讓死者復生的蠱蟲還難，這不是大小的問題，而是啊，自古以來蠱蟲就是以寄生在人體聞名，不是寄生在人體的蟲，就不會叫蠱蟲，也不會是蠱蟲。」

蠱佬叨叨絮絮，完全是說上癮了：「好吧，其實我也不是想否定蠱蟲不能寄生在鯨魚，或是猴子或章魚之類的可能，但那就是另一種概念，另一種大突破，暫時我也找不到自己要控制一條鯨魚的理由。我得循序漸進先找到可以操縱人類死者的蠱蟲比較接近眞理，比較合理。」

「你說的是。」湯姆終於開口。

但他記得用最低的角度，最小的開口，去說完他的話。

蠱佬顯然很滿意湯姆的回話，繼續他沉醉其中的解說：「這就是我難以突破的困局，中間有著難以跨越的矛盾，你想想，智商不高的寄生物即使完全操縱了人體，人體也做不了太厲害的事情，只能一個命令一個動作，那多無聊？我不管是把人搞成了活動殭屍，還是眞的搞活了死人變成超級殭屍，都是無腦的人偶，是吧？不過，智商不高的好處就是群體意識堅強，死了一條蠱蟲，還有幾百條幾千條蠱蟲沒死，如果我的想法正確的話，即使宿主的頭被砍下來了，身體還是可以動個不停，畢竟蠱蟲遍布全身，不只是盤據在腦袋而已，只要還有幾條沒死的蠱蟲集體繼續操縱人體，人體的戰鬥力就可以持續到無限。我想，初期就往這個階段發展，是不是很合理？」

「是。」湯姆點點頭。

這機艙的空氣是怎麼了，讓眼睛越來越癢了，他的手指不自覺加重了力道。

像是忽然找到了教學的好對象，蠱佬繼續滔滔不絕。

「是啊我也知道很合理，但這也矛盾啊！我在想我在想我一直在想，人腦的滋味是最甜美的，不管是哪一個品種的蟲蟲，蟲蟲只要一進入人的身體裡，就特愛往腦袋裡鑽，吸食腦髓，腦髓乾了，蟲蟲的力量也就漸漸枯萎了。要養出不偏愛腦髓、卻能夠控制人腦的蟲蟲真的非常難，你想想，如果蟲蟲不偏愛腦髓的話，要用什麼動機侵入腦部，去控制人的意識呢？真的很難……真的太難了……」

蠱佬越說越奇怪：「如果我培養出一種對胃酸特別中意的蟲蟲，那蟲蟲就會盤據在人的胃裡，但人的大腦卻沒被控制，痛覺還在，豈不是要活活胃痛而死，這不就本末倒置了是吧？然後，我一直在想一直在想一直……」

蠱佬一邊說一邊比手畫腳，湯姆只覺得眼睛好癢，癢到已無心聽清楚蠱佬在說什麼，他只是拚命地抓著眼睛，幾乎連指甲尖也用上了的那種拚命。

一定是嚴重過敏了，機艙裡的空氣不乾淨，都怪那些打掃人員老是偷懶沒擦拭軍用品上面的灰塵，那些軍網麻繩尤其骯髒，等一下一定要命令他們好好清潔一下。氣死了眼睛眞的好癢，記得緊急醫療箱裡面好像有抗過敏藥可以呑？

揉著揉著，湯姆感覺到有什麼東西在眼角動了一下，他帶著怒氣用力一摳，低頭一看，手指上竟有一條黑色小軟蟲在指尖上翻滾蠕動。

大吃一驚，湯姆環顧周圍，那四個同伴竟還在默默摳眼睛。

「別再摳了！機艙裡有蟲！」湯姆拈死指尖上的蟲：「誰去拿殺蟲劑來！」

那四個同伴沒有回答，只是繼續摳眼。

同伴的過度沉默令湯姆感到不對勁，他伸手過去拍拍肩，卻看見離他最近的同伴將手指摳進眼珠子裡，手指抽動，直接將眼球整個挖碎！

「啊啊啊啊啊你在幹嘛！」湯姆嚇得大叫。

這一瞥頭，馬上發現其他三個同伴同樣將自己的眼球咕嚕咕嚕挖碎，卻好像完全沒有痛覺似地，一聲不吭，將眼球的碎體仔細地繼續掏乾淨。

機艙地板都是碎爛的眼珠子，以及好幾隻不明的小軟蟲。

「停下來！你們這些白痴到底是怎麼了！停下來！這是命令！」

湯姆對完全沒有反應的同伴，感到極端的恐懼。

「喔對了，前幾年我早期的研究發現，人體的感受主要來自視覺，只要宿主沒有眼睛，看不到東西，就不容易被外象干擾。」蟲佬不厭其煩地解釋：「不然看到什麼重要的爸爸媽媽哥哥姊姊老婆兒子女兒什麼的就很容易陷入不必要的迷惘，一有迷惘，動作就有了遲疑。是說看不見也沒關係，反正蟲蟲完全控制大腦之後，再用其他的感官補足視覺缺損的不足就可以了。」

別胡說了！這一定是任務的一部分！

克服眼前的恐懼，一定是自己能否抽上那些菸的，重要關卡！

絕對不能慌張，快點冷靜下來，讓這個老頭看看自己的能耐……湯姆的眼球持續奇癢無比，他竭力忍住摳挖的衝動，火速從軍用野戰背包裡拿出熱帶叢林專用的殺蟲劑，朝眼珠狂噴：「啊啊啊啊啊啊啊啊啊！」

殺蟲劑令眼珠子迅速灼熱起來，緊接著是理所當然的劇痛，藥劑沸騰了眼球神經，湯姆終於崩潰咆哮，奮力將手指插入眼窩，將眼珠整個刨了下來，指尖都是糜爛的血管與混濁的汁液。

「你是他們的長官，我餵給你的蟲跟他們不大一樣，比較精品一點，嘗試不傷腦神經一點，所以讓你受多一點苦，不但可以聽到我一路走來的研究心得，未來被改造的身體裡面，還可以完整保留自己的意識，我對你說的話就只是一個建議，不是絕對的命令。」蟲佬抓抓頭，有點不好意思地笑：「沒想到你還是把自己的眼睛挖掉了，唉，這個逼宿主挖眼的生物趨性好像深埋在蟲蟲的基因裡，一時之間無法調整是吧，哎呀眞的很抱歉……」

完全聽不清楚蟲佬在說什麼，湯姆痛到快瘋了，不過把眼珠子挖掉之後，眼睛的確是不會痛了……因爲沒有眼睛嘛哈哈哈哈哈哈哈！

湯姆開始哈哈大笑，因爲身體裡實在是太癢了嘛！

好癢啊！

眞的好癢好癢啊！食道也癢起來了！是不是連牙齒也癢起來啦！

「嘔嘔嘔嘔嘔嘔嘔……嘔嘔嘔嘔嘔……嘔嘔……」湯姆將手伸進嘴巴裡，伸到喉嚨最深處，試著狂摳食道，卻不得其法。

馬上，他感覺到身體裡面有好多好多條小蟲在亂動，肛門也好癢，耳朵裡也好癢，原來五臟六腑癢起來是這種感覺啊！內臟癢得他無法控制身體，只能手舞足蹈起來。最後癢到食道都痙攣了，湯姆只好用力將頭撞向地板，祈求這個激烈的自毀能夠止癢。

「怎麼樣？別太大力啊！我可是好好保留了你的意志啊！」蟲佬有些驚慌。

「啊啊啊啊啊啊啊啊啊！我的舌頭好癢啊！舌頭……好癢啊！」

湯姆不意外地拔掉了自己的舌頭。

噗滋！噗滋！從裂口噴出了一大堆小蟲！

「你幹嘛拔掉舌頭啊長官！算了算了……反正舌頭也沒什麼用……別繼續亂搞就行了，你忍耐一下！專注一點！在心中想一點快樂的事是不是比較好一點？等等等等！你扯掉耳朵又是怎麼回事？哎呀！你聽不到我的命令怎麼辦？啊啊啊啊你停下來啊！」

「喔喔喔喔喔喔喔喔喔喔……啊啊啊啊啊呀呀呀呀呀呀呀！」

「你快點住手啊！哎呀這次的新實驗不是這樣設定的，你得專注一點保持清醒才行啊！不然我特別保留你的腦袋幹什麼呢？你這樣……好好好！陰莖是身外之物！但你差不多可以停了！快停下來啊長官……」蟲佬語氣中充滿焦急與無奈。

嗡嗡嗡，嗡嗡嗡。

震耳欲聾的螺旋槳聲中，沒有了喉嚨，湯姆無聲地進行撕裂自己的神奇動作。他將自己的眼耳唇鼻、陰莖、頭髮、腳趾都扯下，然後是全身上下每一片肌肉，腸子也豪邁大方地一把把拉出肚子。他將自己活活撕爛。

最後無肉可撕，他只好將自己的手指離奇地一齊絞斷。

還是癢。

那些蟲蟲鑽到了骨子裡，癢到了無可搔刮的最深處。

「我真的是，對長官你，太失望了……」蟲佬懊惱不已。

自己眞是看走眼了！這個看起來身經百戰、自信滿滿的軍人，還不夠有堅定的意志抵擋蠱蟲的侵蝕，無法與蠱蟲合而爲一，實在是……白白糟蹋了那些蠱蟲！

□

直升機終於降落。

機艙打開。

跟在蠱佬後面昂首闊步下機的，是四個臉上凹了兩窪血色大洞的陸戰隊隊員。

他們一下機，在綠石鎮地面負責迎接蠱佬的國土安全局的成員，駭然看見其身後的機艙地上，一個骨血淋漓的人形拚命地在一堆爛肉裡蠕動，完全都呆住了。

「那是什麼東西？」迎機的隊員都傻眼了。

那團爛肉，是蠱佬遺留在機艙裡的行囊嗎？

還是在機艙裡發生了隊員叛變，被蠱佬反制，產生的一團爛肉？

重點是……該怎麼處理那團爛肉？

送醫院浪費所有人的時間嗎？還是直接用噴火槍把它烤掉？

蠱佬面無表情，坐上了開往黑色帳篷區的吉普車。

18

吉普車停在綠石鎮外圍的封鎖陣地裡，蟲佬微微訝異。

不遠處的小鎮上空不斷出現燙紅天空的火光，好像有好幾間房子被燒了，卻沒聽見消防車的聲音。許多救護車在外圍陣地裡來來去去，似乎有許多人受傷，但更多人的身上則蓋了白布。

這種慘況就是自己出現自這個小鎮的理由吧。

黑色帳篷外的坦克車上，鐵鎚鷹坐在砲管上孤獨地抽菸。

煙霧裡，他專注地翻閱手上那一大疊的資料上，穿著染血的黑色西裝，臉上還留著從同伴身體裡噴出的血跡，不知道刻意不擦的理由是什麼，那恐怖的模樣無人敢主動接近。

鐵鎚鷹看著緊急調閱出來的行動資料上，那個衝進帳篷裡大殺一通的聯邦大兵，資料上說他叫「安東尼」，二十一歲，是一個再平凡不過的年輕人。一個身中至少三十多槍才倒下的平凡年輕人。這個有為青年剛剛徒手扭爆了二十四個人的腦袋，另外有七個人受重傷。僥倖活下來的那七個倒楣鬼都說，這個叫安東尼的年輕人展現了恐怖絕倫的怪力，這點鐵鎚鷹完全同意，他在近距離見識到了安東尼的那幾乎無法用人類標準衡量的，腕力。將那種力量直接扔進沙漠底下，也是第一流的戰鬥力。

安東尼絕對不是安東尼。

他被「某種東西」附身了。

稍微比照這個小鎮近期的重罪資料時便會發現，不久前有個叫麥克的醫生行凶時，同樣自稱「鐵腕碎石機」，他扭斷了一個少女的頭顱後，在鎮民的圍捕中又加碼扭斷了自己的脖子……嘖嘖，活生生就是邪靈附體的經典個案。

那個時候，蟬堡就該衝到這裡的。

關於附身什麼的靈異現象，雖然罕見，鐵鎚鷹也不是沒見過，附身之後擁有比本體更強大的力量，鐵鎚鷹也遇到過幾個號稱邪靈附體的例子，但安東尼變成這種程度的怪力先生，那就是第一次見識到了。

從帳篷裡的對話中推敲，被附身的安東尼似乎跟遊戲先生達成一定的默契，於是遊戲先生再度回到了綠石鎮裡……還帶著那個臭小鬼同行。他們似乎要去那個臭小鬼的家。

嗯，遊戲先生掌握了自己還沒想透的關鍵，鐵鎚鷹閉上眼睛，將帳篷裡支離破碎的對話重新組合。

綠石鎮所發生的怪事——那個，自己一定要將其帶回蟬堡研究的怪事，一定跟他們所達成的默契的背後原因有關。剛剛遊戲先生提到了「大怪物」，想必就是遊戲先生所猜測的「綠石鎮集體靈魂錯亂的幕後成因」，這個所謂「大怪物」似乎是一個「人」，遊戲先生想跟「大怪物」對決，所以千里迢迢趕來，想搶先蟬堡一步接近「大怪物」。

他絕對不能讓遊戲先生搶先一步得逞。

「先說了，我沒有可以吃掉什麼記憶病毒的蟲。」

鐵鎚鷹抬頭，妥妥地看了站在砲管前的蟲佬一眼。

蟲佬太老了。老到鐵鎚鷹從來沒認真記得他的模樣。蟲佬的臉全被乾裂的皺紋刻滿了，如果是其他任何一張臉，只要刻上同樣程度的皺紋，也一定會長得一模一樣吧。

早在鐵鎚鷹還不知道這個世界上有蟬堡這個組織以前，蟲佬就從蟬堡裡逃了出來。他們之間的輩分差異就是這麼大。

但他抽菸，而蟲佬沒有。所以蟲佬註定在他之下，聽他命令。

這就是手上這根菸的魅力。

「除了駕駛，直升機上不是有五個人嗎？怎麼只弄出四個符屍？」

「其中一個實驗失敗了。」

「這樣啊，失敗的實驗帶給你什麼啓發嗎？」

「實驗必須進行下去。可能的話我想儘快去裂縫的另一端找蟲。」

又來了。又是一樣的幻想。

「暫時沒那個條件。」

鐵鎚鷹打量了站在蟲佬身後的四個無眼軍人，那可是上等的貨色，加上蟲佬那些噁心要命的爛蟲，就等於四個「鐵腕碎石機」等級的怪物吧。

「需要在這裡就地補充嗎？」

「那得看你想讓我做什麼。」

「沒有備案，你得全力應付四個情況。」

鐵鎚鷹晃了晃手中的厚厚資料：「一，剛剛逃出蟬堡不久的遊戲先生，腳受傷，行動有些遲緩。二，一個力大無窮的附體邪靈，隨時都會附身在另一個人體裡，附身的機制還不知道。三，八千多個據信在今天早上交換了靈魂的鎮民，正試圖找回自己的身體或作賤別人的身體。四，一個還沒解開的謎，可能是擾亂記憶的病毒，也可能是一個有特異功能的人。我要將這個謎，帶進蟬堡。」

「其他呢？遊戲先生怎麼處置？」

「活捉起來，讓他從此跟你一樣，幹我們的事。」

「裂縫需要他嗎？他夠資格嗎？那個小屁孩有什麼特別之處嗎？」

很好，鐵鎚鷹喜歡這火氣。

「這點由我判斷。」鐵鎚鷹的嘴角流洩出淡淡的清煙。

「……邪靈呢？」

「捕捉帶進蟬堡，當作那些白痴的聖誕禮物。」

話說，蠱佬以前也抓過邪靈。

被邪靈附身的肉體，在盡情折磨肉體直到毀滅後，邪靈便得以自由離開。所以蠱佬當初捕捉邪靈的做法，是讓蠱蟲在生理上試圖控制被寄生的肉體，跟邪靈爭奪對肉體的主導權，蠱蟲得逞後，寄生體的行動完全受蠱蟲指揮，連自殺也辦不到，邪靈便無法自由離開寄生體，只能束手就擒。

「鎮民呢？」

「無所謂死活，但我要知道他們發病的原因，如果導致他們發病的原因是一個病毒，我要安全地帶走它。如果是一個超能者，剛剛說過了，我更要帶走他。」

「那事情結束後，我全要了。」

「你一口氣跟我要了這八千個人？」鐵鎚鷹有些難以置信。

雖然他可以命令蠱佬做任何事，但支撐這些命令的背後，其實是一連串的交易。如何交易，雙方都可以提出條件，基本上並不存在誰佔誰便宜的想法，而是掂量任務的「重量」。

今天所交易的數字，比蠱佬在過去三年成交量所加起來的數字，都還要多，這不僅意味著渴望，也代表了任務的難度。

「實驗需要，我得找出意志力特別頑強的寄生體。」

「……就這麼交換吧。」

蠱佬沉吟片刻。

「……先給我一百個這裡最好的士兵，再加上三個小時等待蠱發。」

一百個！

這個數字，跟其代表的肉體素質，前所未見。

是刻意刁難嗎？

「子彈很多。」蠱佬緩緩說道。

了解，遊戲先生的子彈很多，所以需要比子彈還多的倒楣鬼是嗎？

「好，三個小時，正好讓你慢慢了解狀況。」鐵鎚鷹看了看手錶，說：「鎮裡鎮外都一團混亂，這筆大生意你可別搞砸了。」

蠱佬微笑，笑得臉上的皺紋都徹底裂開了。

「明白。我先讓這四個符屍進去打個招呼，看看是什麼情況。」

19

內華達州，距離州際道路半個小時車程。

綠石鎮，一個不再虔誠的基督教村莊。

全日無休的喧鬧，由帶著恨意的燒灼空氣，比起彼落砸車聲所構成的綠石鎮，擁有罹患癲癇症的塗鴉畫家筆下最狂野的地獄風光，隨時都可以聽見槍聲，哭聲，慘叫聲。當然了，還有知名恐怖小說家史蒂芬．金最常使用的場景……一望無際的玉米田，以及遠遠超過那片玉米田所能隱藏的恐懼。

在這個典型的農業小鎮裡，對信仰的虔誠曾經是聚集居民的美好因素，由於僅僅是曾經，所以一切都不再美好。整個鎮的房子以鎮裡唯一教堂爲中心，做輻射狀的排列，現在也以教堂爲中心，集體心靈輻射狀地大崩毀，沒有人明白降臨在本鎮命運的原因是什麼意思，只知道如果世界眞有末日，那便是今天。

這個荒謬的末日一天，終於捱到了晚上。

牧師家附近的街上都堆滿了廢土跟殘石。

牧師家前院，重新出現的那個洞，不僅大得可以停一輛車，還深達五公尺，裡頭滿滿的都是人，原本只有四十多人在挖，但附近的人看到了這個大洞，問了理由後也忍不住一起攪和下去，不知不覺已有一百多人。

「見鬼了到底要挖多深啊！還不夠嗎？」

「牧師才一個人就挖出了一個大洞，我們這麼多人，當然要挖得更深許多！」

「那是當然的！我們這些罪人身上的罪孽，加起來當然比牧師一個人重！」

「繼續挖！別停！帶著最深的反省繼續挖！」

「我看我們今天晚上就睡在洞裡吧？說不定一醒來，一切都會恢復原狀的！」

「一定是這樣的……好！繼續挖！就挖到筋疲力竭睡著吧！」

「哈哈哈哈聽到那些槍聲了嗎？就只有我們知道這個方法！就讓那些笨蛋在那邊浪費時間吧！我們繼續挖！」

「……等等，我在這裡沒看到我的身體，如果那個正在我身體裡的笨蛋沒來挖洞，而我一直挖挖挖，會不會明天一早我醒來之後，還是被困在這個身體裡？我是不是應該先去找我的身體，然後逼他跟我一起挖洞啊？」

「想這麼多幹嘛！沒聽見現在整個鎮都在打架放火燒車亂開槍，你去哪找你的身體？現在繼續挖就對了！阿門！」

可笑的洞，愚蠢的洞，最後希望的洞。

人類很脆弱，一旦失去了可以依循的準繩，就會彼此催眠，任何荒謬的線索，都會變成暗示通往眞理的餅乾屑。

沒有人知道這個洞到底如何發揮它的作用，或爲何能代表親近聖靈的虔誠，只知道牧師大概是因爲受到感召挖了這個洞，所以一家人都保持了原本的靈魂。於是聚集在此間的幾十個人，便前仆後繼地狂挖。

牧師聽妻子說，過去三天自己挖洞的時候，一直喃喃背誦聖經裡的耶利米哀歌篇章，所以現在牧師也滿身大汗地站在深洞的邊緣，高聲朗誦聖經裡的耶利米哀歌篇章，幫助鎮民的挖洞行爲祈福：「耶和華丟棄自己的祭壇，憎惡自己的聖所，將宮殿的牆垣交付仇敵。他們在耶和華的殿中喧嚷，像在聖會之日一樣……」

大家在泥巴洞裡大叫：「阿門！」

「耶和華定意拆毀錫安的城牆，他拉了準繩，不將手收回，定要毀滅。他使外郭和城牆都悲哀，一同衰敗。」牧師高聲嘶吼。

「阿門！」大家狂挖洞。

「錫安的門都陷入地內，主將她的門閂毀壞、折斷。她的君王和首領落在沒有律法的列國中，她的先知不得見耶和華的異象……」牧師聲嘶力竭。

「阿門！」大家怒挖洞。

都是骯髒泥巴腳印的屋子裡。

爲大家張羅了一整天的食物，牧師夫人累癱了，頹然坐在通往二樓的樓梯上發呆。乖巧的小恩雅幫媽媽捏捏肩膀，她壓抑了一整天的害怕，卻更擔心媽媽的情緒。

「一整天了，喬洛斯到底跑哪去了？」牧師夫人心力交瘁。

「媽媽，別擔心哥哥了，哥哥他……一定會沒事的。」小恩雅低聲安慰。

「沒事？我知道，喬洛斯一定覺得今天特別好玩。唉，我其實是擔心他跑出去趁機傷害別人，妳沒聽見外面那些槍聲嗎？我多害怕是妳哥哥在胡鬧。」

牧師夫人坐在樓梯踏板上，從柱子縫隙中看著躺在沙發邊上呼呼大睡的喬伊斯。

「媽媽別煩惱太多了，哥哥他玩夠了就會回來的，畢竟有喬伊斯哥哥嘛。」

「……唉。」

都是喬伊斯，讓牧師夫人在喬洛斯身上看見唯一的一絲絲希望。他們兄弟之間的友愛是那麼樣的眞誠，而喬伊斯臉上那天眞無邪的笑容，總有一天會融化喬洛斯那顆粗暴胡鬧的心。

牧師夫人輕輕揉著小恩雅的肩，要她緊緊地靠在自己身上。

她當然也不明白爲什麼整個小鎮發生這麼奇怪的事，而他們家卻沒有受影響，也許丈夫這三天不斷挖的那個洞眞的有什麼聖靈充滿的能量，她一點頭緒都沒有。可牧師夫人很慶幸一家人都受到了天父保佑，靈魂安安穩穩地守在自己的身體裡。窗外那些崩潰的吼叫聲，以及燒房子砸車的洩恨聲，都在提醒牧師夫人，今天是罪惡的一天，但也是充滿感恩的一天。

忽然，屋子外的聲音越來越吵，奇怪的某種聲響像是某種巨大機械輪軸在轉動。院子傳來喀喀喀喀的巨響，緊接著是一連串失控的驚呼聲。

牧師夫人與恩雅感覺不對勁，趕緊衝下樓跑到後院，那畫面不現實到令人昏厥。一台坦克車的履帶輾過剛被它撞毀的籬笆碎片，斜斜地往院子駛來。

「哪來的坦克！」

「快讓開快讓開！」

「危險！危險危險！」

在大街上用臉盆接力運送廢土的幾十個鎮民鬼吼鬼叫讓出一條路，但根本無法阻擋坦克車往洞裡摔下。

然而坦克車眞不愧是坦克車，即使誤入大洞，幾乎是垂直摔下，它依舊死命地在大洞的斜坡上保持驚險的平衡，一路往下輾輾撞撞，輾過十幾個正在斜坡上清運廢土的鎮民，再一口氣壓扁站在大洞深處，二十幾個逃命無路的人——

噗滋！

砲管直直插在地洞裡，坦克車的履帶還喀喀喀地動，像一台翻掉的超大型果汁機，在大洞裡狂野地攪殺一大堆番茄，將番茄攪碎成稀巴爛，紅色的肉末從大洞裡瘋狂噴濺出來。

牧師等人全看傻了，臉上都是血滴跟內臟的汁液，嚇到連「上帝保佑」都省了。

插在大洞裡的紅色坦克車冒出蒸蒸熱氣，履帶喀喀喀轉動。

這景象太血腥太荒唐太可怕，牧師夫人跟小恩雅兩人幾乎要昏了過去。牧師夫人緊緊抓住小恩雅的手，她緊張到停止呼吸，生怕等一下會看到她最不願意看到的畫面。

坦克車的圓形車蓋打開，汗流浹背的喬洛斯像砲彈一樣從車裡彈出。

果然是這樣……牧師夫人終於兩眼發白，雙膝跪了下去。

「就跟你說我老爸超神經的吧！就連坦克車也被我老爸挖的洞幹掉！」

喬洛斯全身都是血，但肯定都不是他自己的血，大聲嚷嚷：「哥哥！我帶那個醜男來找你啦！你要小心！他眞的超醜！」

跟在喬洛斯後面慢呑呑爬出坦克的，當然是牛仔男。

「你眞瘋啊，嘴巴臭，連開坦克的技術也爛死了！」牛仔男咒罵，腳步有些踉蹌。

剛剛拿著雙槍在軍營裡一路亂殺，死了超多人，牛仔男卻一點也沒有過癮的感覺，直到喬洛斯胡亂跳進一台坦克車之後，牛仔男跟著他闖入小鎭亂開亂撞，輾死了超多無辜的倒楣鬼後，牛仔男才開始覺得有趣起來。

哈哈哈哈這個臭小鬼已經夠糟糕夠無厘頭了，這臭小鬼的雙胞胎哥哥，還是這場混亂的始作俑者，眞是迫不及待——幹掉他！

「喬洛斯！」牧師大吼。

這孩子做出無法挽回的悲劇了！

這孩子已經完全！沒救了！

所有一起挖洞的鎭民都在一旁呆看著這一幕。

「老爸！你挖的洞太屌啦！一千萬分的屌！」

喬洛斯不小心踩到從洞裡噴出的肉塊，跌了一個狗吃屎。

「爲什麼你要那麼壞！你這個無可救藥的……無理取鬧……邪惡……」牧師上氣不接下氣，整個人都在發抖。

小恩雅哭著叫媽媽起來，牧師夫人這才勉強睜開眼睛。

「哈哈哈哈哈我跌倒了好好笑喔！老爸！我踩到一條爛掉的雞雞耶哈哈哈！幸好不是你的雞雞，不然老媽沒人幹就會把我殺啦哈哈哈哈！」

喬洛斯笑嘻嘻爬起來的時候，正好迎接牧師的一巴掌。

這一巴掌之重，轟得喬洛斯幾乎在原地翻滾了一大圈，最後眼冒金星地趴倒。

「不得不說，眞是打得好啊！」牛仔男拍拍手。

「你又是誰！」牧師指著牛仔男咆哮。

是啊，我又是誰？

你倒是鄭重地提醒我了呀……

微微笑，牛仔男轉過身子，對著滿院子全身泥巴的鎮民。

好整以暇地啐了口痰，牛仔男慢慢拿出雙槍。

「通通給我聽好啦你們這群倒楣鬼——大家好，先介紹一下我自己，我叫遊戲先生，Mr. Game，今年的年紀是秘密，職業是遊戲管理者，是一個充滿愛心，重視遊戲規則的新好男人，不過，現在我沒空聽你們自我介紹，遊戲呢，也沒打算跟你們玩，所以就請你們通通閉上嘴巴囉！」

在說什麼啊？渾身泥巴的鎮民一臉茫然地看著遊戲先生。

「PARTY PARTY PARTY！」

遊戲先生大笑，兩根槍管噴出一道道火光。

時間在死神的冷笑下靜止，無法形容的子彈派對登場。

那是沒有停止過的紅色閃光。

絕對的彈道，變態的精確度，在人體各式各樣的要害上鑽出一枚銅板大的血孔，最後旋轉鑿開一個拳頭大的紅色噴洞，噴洞的邊緣甩出尚存餘力的子彈，子彈以切線速度盪出，再轟向旁邊的另一個自以爲躲過一劫的人的眼窩，眼窩爆裂，在後腦勺挖出一個大洞，再撲向下一個人的嘴巴。

撕開。鑽開。敲開。噴開。擊開。

倒下。

跪下。

趴下。

一顆子彈，至少可以奪走三個人的性命。

站在遠處還來得及逃走的，就踩著鄰居朋友甚至是自己的身體往外跑，互相踐踏，一邊哭喊一邊咒罵嘔吐，不到半分鐘全走得乾乾淨淨。

只剩下一個被坦克車塡滿的紅色大洞，跟滿院子滿大街的屍體。

遊戲先生轉過身，滿不在乎地將發燙的雙槍插回腰際。

牧師震驚得說不出一個字。

牧師夫人與小恩雅，則雙雙腿軟坐在前院的台階上。

「哈哈哈哈哈哈醜男！你開槍的樣子醜斃了！好像猴子在跳舞！」

喬洛斯樂不可支，飛來一腳踢開自家大門。

遊戲先生抖抖眉毛，看著牧師夫婦與他們可愛的小女兒。

「都進去吧，我們可以好好玩遊戲的時間不多呢。」

遊戲先生歪頭，看著被喬洛斯一腳踢開的大門。

門後透出滿室溫暖的燈光，不禁頭皮發麻，喉頭一股熱血沸騰。

……那個只能在睡夢裡吃掉我的大怪物，終於，要面對我的子彈了。

微笑。

20

氣氛詭譎的客廳。

剛剛的景象完全嚇壞了小恩雅，她白皙的臉頰上多了點點朱紅，牧師夫婦將小恩雅擠在兩人中間，雙手緊緊握著她的小手，生怕她忽然嚎啕大哭，惹惱了這個不速之客。

對比父親與母親的錯愕與震驚，喬洛斯倒是樂瘋了，不斷捧著肚子哈哈大笑，笑到最後終於不支倒地，靠著沙發猛撞頭，眼淚都給擠出來了。

而喬伊斯兀自在沙發上酣睡著，絲毫沒有被剛剛那一陣慘無人性的殺戮給喚醒。牧師夫人想伸手擁抱甫睡醒的喬伊斯，卻又畏懼隨時都會開槍的陌生壞蛋，會被這個未經允許的動作觸怒，手才伸到一半，便硬生生縮回。

遊戲先生打量著喬伊斯。

這個一直在睡覺裝蒜的大怪物，難道真的在等自己打瞌睡，好在夢裡設陷阱把自己幹掉嗎？得了吧，別裝睡了。

「哈哈哈哈哈哈哈真的快笑死我了！爸爸你的臉好好笑真的好好笑！你是不是

憋尿憋太久啦！你是不是憋到小雞雞都變成紫色的啦哈哈哈哈！」喬洛斯笑個不停，笑到快吐了。

「喬洛斯！」牧師低聲喝斥。

遊戲先生瞪著牧師：「請問一下，看你人模人樣的，你是怎麼教出這種爛小孩的？」

牧師臉色蒼白：「……請問，你是什麼人？」

「幹嘛答非所問啊這位先生，我在問你，要養出這麼糟糕的爛小孩，你是付出了多大的努力啊？」遊戲先生皺眉：「你平常都會買小狗回家讓他練習虐待嗎？你在殺蟑螂老鼠的時候會叫他在旁邊一起看嗎？你是不是都在床邊念一些最下流的色情小說哄他睡覺啊？」

儘管牧師夫人的聲音劇烈發抖，但還是撐住了堅強的表情：「我不知道你跟我的孩子有什麼過節，但他年紀還小，今天小鎮又特別混亂，希望你可以……原諒他。」

「真是大器啊夫人！大器！從容不迫！」遊戲先生的右手用力拍著大腿：「面對像我這麼一個剛剛殺了超過一百個人的王八蛋，夫人！妳的冷靜尤其教人欽佩啊！我完全明白！你們夫妻兩個人是無辜的！這個沒教養的小爛貨完全是天生的賤種！跟你們沒有關係！你們肯定是花了無數心血掉了一億顆眼淚也管教不好這個爛小孩！」

哇一聲，小恩雅哇哇大哭起來。

「哈哈哈哈哈哈哈妳哭屁啊小妹妹！」遊戲先生哈哈大笑。

忽然小恩雅的身後的花瓶轟然爆裂，鮮花與盆水噴洩開來。

小恩雅的左邊耳朵上，有一小撮頭髮冒著煙，還聞得到一點點焦味，她的淚水神奇地縮在眼睛裡，竟不敢眞正掉下來。牧師夫人緊緊將完全呆掉的小恩雅擁在懷中。

遊戲先生的手什麼時候拔槍，開槍，又什麼時候收槍的，客廳裡沒有人確實看見，只知道空氣裡一定殘留著這個比快還快的動作，直追閃電。

巨大的槍聲，也終於喚醒了昏昏欲睡的喬伊斯，小小的身軀迷茫茫坐起。

喬伊斯打了個可愛的呵欠。

「喬洛斯，坦克好玩嗎？」喬伊斯揉揉眼睛，平靜地說出這一句話。

喬洛斯抱抱喬伊斯。

「很好玩呢哥哥，可惜坦克車被老爸挖的洞吃掉了，下次再帶你玩。」

「好啊，下次你帶我上坦克車。」喬伊斯也抱抱喬洛斯。

喬洛斯嘻嘻笑著，跟剛剛的樣子判若兩人。

遊戲先生收斂笑容，打量著這個奇特的……

小男孩？

大怪物？

「你好，初次在夢之外見面。」喬伊斯彬彬有禮地說。

「你也好啊。」遊戲先生有點不自在。

「我叫喬伊斯，跟喬洛斯是雙胞胎。」

「叫我遊戲先生，我的興趣是開開槍，殺殺人……等等等等，幹什麼被你牽著鼻子走啊，小鬼，你倒是說說看，現在我一槍把你幹掉的話，你又能拿我怎麼樣？在夢裡你不是很無敵嗎？現在你本事讓我睡覺嗎？」

遊戲先生雙手手指比出槍枝的姿勢，嘶著嘴巴，隔空對著喬伊斯的額頭開槍：「砰咻！砰咻！」

喬伊斯莞爾：「好不容易見了面，讓你睡覺做什麼呢？你不是最喜歡玩遊戲了嗎？來一場可以致我於死的遊戲如何？」

摸不著頭緒的牧師緊張地打岔：「喬伊斯，你剛睡醒，不要亂說話。」

牧師夫人板起臉孔：「對不起，如果我們有失禮的地方請多多包含，但我們只是一戶普通的人家，你在這裡，讓我們都感到非常害怕，廚房已經沒有食物剩下，但還有一些餅乾跟水，希望你可以儘快離開我們家。」

遊戲先生聳聳肩，慢慢拿出手槍，將裡面的子彈倒了出來。

牧師夫人強忍著恐懼，繼續不卑不亢地說：「因為一些因素，這個小鎮已經被軍隊團團包圍了，雖然你……好像很可怕，但政府的軍隊……」

「廢話，不然妳以為妳那低級兒子的坦克怎麼來的？當然是我從軍隊那搶的。」遊戲先生嘿嘿嘿嘿：「來，槍裡只有一發子彈，我們來玩最簡單的俄羅斯輪盤，你們全家，對我一個人，你們開一槍，我開一槍，死了一個人就再補一顆子彈，直到你們全部都死掉，或是我先死掉為止，怎麼樣啊？」

牧師，牧師夫人，小恩雅，全都面如土色。

「耶！我要開第一槍！」喬洛斯舉雙手大叫。

喬伊斯卻搖搖頭。

「好爛！爛死了！這個遊戲一點也不好玩！」喬洛斯毫不猶豫反悔大吼。

「只是殺人，一點樂趣也沒有吧？」喬伊斯語氣平和。

「……只是殺人，一點樂趣也沒有？喔？」遊戲先生抓抓頭，有些不自在地左顧右盼，蹺起的二郎腿輕輕抖著：「那你有什麼更高明的見解？」

本著殺人魔奇異的第六感，或者，更精確地說，自從他一踏進綠石鎮，就感覺到的確有某種能夠觸發他邪惡本質的「東西」，就像在沙漠裡尋找地底深層水源的駱駝一樣，遊戲先生來到綠石鎮尋找值得一戰的對手，當然想要好好玩一場。

他根本是被狠狠吸引過來。一種不得不相遇的祟動。

可好不容易遇見了，遊戲先生卻下意識迴避了喬伊斯清澈湛藍的眼睛。

遊戲先生隨即發現自己的刻意迴避，心中不禁一陣莫名的恚怒。

混帳，這是怎麼回事？殺人如麻的自己，竟不敢跟一個剛睡醒的小鬼對看？

兒子有生命危險，牧師顧不了這麼多，立刻央求道：「我兒子先天有病，請不要爲難他！他的病……」左手還按著懷裡的聖經。

遊戲先生不耐煩地瞪了牧師父親一眼，斥道：「我想殺你，還得問你有沒有病嗎？他媽的信上帝的人都得了被害妄想症，自大又自卑，比我還神經！」

說著說著，遊戲先生假裝要扣扳機，嘴裡忽地咕噥一聲，身體前傾，嚇得牧師父親與母親屏住了呼吸，腦中一片空蕩蕩的死白，小恩雅更怕得快要昏倒，握緊拳頭祈禱這場突如其來的惡夢趕快醒來。

「……」

不懼對準自己的炙燙槍口，喬伊斯看了牧師父親一眼，淺淺微笑著。

牧師父親的背脊，竟泛起一陣冰涼的雞皮疙瘩。

這孩子的眼神，竟然出現自己從未見過的異樣神采。

喬伊斯開口，說出牧師父親一輩子也難以想像的話。

「我想看我爸爸，對著耶穌的受難十字架像自慰，然後將精液射在耶穌的身體上。你能幫幫我嗎？」喬伊斯淡淡說道，好像在說著無關自己痛癢的事。

「打手槍！打手槍！哈哈哈哈哈哈哈！老爸要無敵霹靂宇宙打手槍啦！」喬洛斯笑得好厲害。

喬伊斯此話一出，別說牧師父親與母親呆怔無語，就連殺人無數的遊戲先生都整個傻眼，嘴巴被喬伊斯這一番話微微撬開，幾乎要哈哈大笑了出來。

但沒有。

開口大笑的前一刻，遊戲先生感到一股邪惡到令人肅然起敬的寒意。

那寒意沿著槍口、槍管、輕觸扳機的手指、手腕，迅速並精確地滲透進手臂神經，直沿而上，搔刮著靈魂蠢蠢欲動的殺意。

是的，殺意。

一股只要扣下扳機，乾脆讓所有迷惘歸於無解的濃烈殺意。

只見喬伊斯神色自若，用小孩子絕不可能擁有的語句繼續說道：「比起不需要努力，只要憑藉運氣跟傻氣就能決勝負的俄羅斯輪盤，不如就請你主持一個溫馨的家庭遊戲。」

「請說。」遊戲先生肅然起敬。

「家庭遊戲的主題是，每個人各司其職，以共度今日的難關。我的媽媽負責朗誦聖經任一章節，語句之間不能有超過兩秒以上的間斷。我的爸爸負責專心一意地對著耶穌受難十字架像自慰射精。而我雙胞胎弟弟喬洛斯負責用各種方式毆打我的妹妹小恩雅，而小恩雅負責控制情緒，決定什麼時候哭，或不哭。如果我爸爸成功地在我媽媽念完聖經前先射了出來，那麼就請你放過我們全家，靜靜地離開這個小鎮。」

荒謬絕倫的……的什麼東西！

「喬伊斯……你現在……」牧師夫人驚詫不已，瞳孔急速顫抖。

「媽媽，我好害怕……哥哥變得好奇怪！」小恩雅的心跳好快。

遊戲先生深呼吸，努力想瞪住喬伊斯那湛藍到足以包容一切的眼睛。

「那你自己呢？我可沒聽見你要負責什麼。」

但就是無法怔怔直視。

「如果我爸爸在射出來之前，喬洛斯就已經把小恩雅打哭或打暈，那麼，我就借你手中的槍，先殺死這位以我母親爲名的漂亮女性，然後再殺死我那愛哭的……妹妹？」喬伊斯說得很順暢，好像有現成的劇本握在手上似地。

「那你老爸呢？」遊戲先生晃晃手中的槍。

槍身變得沉重起來。很重，很重很重。

彷彿彈匣裡面的每一顆子彈都有一頭大象那麼重。

「一個用陽具褻瀆自己心中上帝的牧師，沒有再殺死一次的必要。」

喬伊斯笑笑。

明明就已天黑，可喬伊斯臉上的笑容如同陽光般燦爛，照耀著遊戲先生。

風一吹，喬伊斯金髮柔軟如細長海草，宛若大地之子。

聽到如此變態的家庭凌虐計畫，遊戲先生還是想哈哈大笑。

但依舊沒有。

恐怖的殺意持續積聚在腦後，以等比級數的速度不斷交疊厚實。遊戲先生靠著一股奇妙的邪惡才勉強反制住扣下扳機、殺死眼前這名叫喬伊斯的男孩的衝動。

比起自己殺掉的上千人……這小孩，這頭大怪物，總有一天會毀了這個世界。

這個怪物的邪惡分量太巨大了，大到，其他的邪惡在他旁邊都好像不存在的渣渣，就連跟「正義使者」差之萬里的遊戲先生，都想趁現在一勞永逸殺死這個怪物。

只要一顆子彈，或甚至只要輕輕一扭，這孩子稻草般脆弱的頸子就會啪唧一聲斷裂。地球才可以繼續，安安靜靜地轉他媽的，不疾不徐地容納其他的邪惡。

許久。

「喬伊斯，你的另一個名字，是惡魔嗎？」遊戲先生開口，槍口已冷。

「玫瑰換了名字，還是一樣芬芳。」喬伊斯靜靜地看著興奮不已、鬼吼鬼叫、恨不得馬上就對小恩雅開揍的喬洛斯，說道：「蘋果掉在地上，即使撿起來，還是髒的。惡魔長了白色翅膀，也不會變成天使。」

「你的家人對你來說，無所謂？」遊戲先生歪著頭。

「名字無所謂。」喬伊斯爽朗回應。

「不怕我一槍殺了你嗎？」遊戲先生冷笑。

「不會。因爲你太好奇以後的我，會是什麼模樣了。」

喬伊斯聳聳肩，一貫的，燦爛到無可挑剔的金色笑容。

喬伊斯拿起牧師父親手中的聖經，轉遞給全身發抖、幾乎就要立刻崩潰的母親。

母親接過，眼淚撲簌簌，一滴一滴，落在聖經陳舊的藍色封皮上。

「遊戲開始？」喬伊斯笑笑看著狠戾的遊戲先生。

遊戲先生終於大笑出來。

「Party！Party！Party！」

雙槍揚起，子彈紛飛。

牧師家窗戶破開，四道黑影像龍捲風一樣破進屋子裡的瞬間，四顆子彈已穿透他們的喉心，噴出一道道黑色血箭。

到底！

遊戲先生哈哈大笑，瘋狂開槍。

「哈哈哈哈哈哈這個招呼有點遜色啊！死老頭！」

21

四道黑影在屋子裡暴起暴落，動作之快，肉眼根本無法跟上。

遊戲先生的子彈更快，輕而易舉地不停轟在四道黑影上，血汁亂噴。

黑影始終無法靠近遊戲先生，但其超高速的攻擊依舊撞得滿屋子亂七八糟，書櫃、吊燈、壁燈、電視、飾品，全都給撞成碎片，遊戲先生飛快開槍，槍槍命中人體的臉部一直線，頭頂、眉心、鼻子、人中、下顎、喉心，亂噴出來的血滴也全給遊戲先生刻意閃過。

好不容易三道黑影的腦袋完全被子彈爆掉，終於停止行動。

只剩下第四道黑影還在發狂亂抓，竟衝向樂不可支的喬洛斯。

遊戲先生倒是沒有追擊，他等著看喬洛斯的腦袋被黑影一拳打爛。

「哈哈哈哈哈哈！咻咻砰！」喬洛斯伸出手指，對準來襲的黑影「發射」。

喬伊斯一笑。

牧師從沙發上霍然彈起，千鈞一髮，伸手擋住第四道黑影的硬拳。

這一以爪接拳，大家才看清楚這黑影的樣子——一個從眼窩空洞不斷流出黑色汁液的特種部隊軍人，儘管身中數槍，還是沒有倒下。

「好厲害的拳頭啊！」牧師大吼著不屬於自己的聲音：「但我更強嘻嘻哈哈！」

牧師的手掌一扭，硬生生扯斷了無眼軍人的手腕。

無眼軍人肯定是毫無痛覺，另一隻手在第一時間轟向牧師的臉，牧師給扁得全身原地翻轉，卻在腦袋落地的那一瞬間抓住無眼軍人的腳踝，隨意一折，腳踝登時爆裂。

無眼軍人失去重心摔倒，半張臉被打得變形的牧師又一爪揉向他的兩腿之間，下一秒手上便抓出一大坨血淋淋的陰莖肉膏，牧師瘋狂大笑：「現在你沒卵蛋啦哈哈哈嘻嘻哈哈！」

無視胯下被完全摧毀的痛苦，無眼軍人竟沒有停下攻擊，他跪地一拳轟向大意的牧師，力道之猛，牧師再度給打飛出去。這次牧師撞上天花板才唉唉叫落下，而無眼軍人只剩一隻腳能用，卻蹦蹦跳跳衝上前，想給牧師最後的致命一擊。

「老爸加油！」喬洛斯瘋喊。

「老公！」牧師夫人的心臟簡直要跳出喉嚨。

牧師哈哈大笑，從地上拍拍屁股站起來，走向用畸形姿勢跳躍的無眼軍人。

「我大名鼎鼎的鐵腕碎石機，倒是今天第一次遇到那麼厲害的對手啊！」牧師捲起袖子，笑吟吟地抓住無眼軍人揮過來的拳頭，再度擰碎。

然後是一連串目不暇給的連續扭擊，一眨眼，無眼軍人全身上下的肌肉全都被撕了下來，小恩雅一直尖叫又尖叫，牧師夫人趕忙將她的眼睛遮住。

屠宰場般的客廳裡，四個無眼軍人當然都是一動也不動了。

故意試探喬伊斯能耐的遊戲先生，用力拍手讚許：「太優秀的靈魂轉移技術啦！想必你可以任意對調曾經入侵過的，所有人的靈魂吧！竟然連你老爸都可以隨隨便便犧牲，眞的非常下流啊你！」

牧師得意地鼓起胸膛，像一隻雄赳赳的大公雞。

牧師夫人跟小恩雅都看呆了，根本不能理解牧師現在是什麼狀況，倒是輪到喬洛斯尖叫：「老爸！你手上都是別人的雞雞好好笑喔！好好笑笑死我啦！」

喬伊斯莞爾。

「老大，我幹得不錯吧！要不要順便把這個手槍醜男給幹掉！」牧師雙手虛抓空氣示威，對著遊戲先生獰笑：「然後再把我自己也幹掉！」

喬伊斯皺眉：「夠了，退下。」

「老大別客氣！我看他也很想把我幹掉啊嘻嘻哈哈哈哈！」牧師看起來相當興奮：「不如我們就來捉對廝殺！」

遊戲先生不置可否，兩手一攤，雙槍僅僅垂掛在雙手指尖之上。

「我說，退下。」喬伊斯難得沉著臉。

「……是！老大！」

牧師話一說完，馬上兩眼上吊，身體斜斜癱倒在地。

遊戲先生饒富興味地看著臉被揍得變形的牧師，只見他悠悠醒轉，看著客廳裡的眾人，下一刻馬上痛到飆出眼淚：「我的臉怎麼了，好痛……我的臉……」

豈止是痛，臉頰剛剛被無眼軍人一拳打到凹陷，至少都是嚴重腦震盪等級的損傷，牧師感覺到天旋地轉，完全無法集中視力在任何焦點上。然後開始吐。吐了一地。

「你好好逛過我的記憶庫吧，這些沒有眼珠子的神經病，都是那個愛玩蟲的老王八蛋搞出來的玩意兒，他管他們叫，符屍。」遊戲先生看著窗戶上的大破洞，帶著血味的冷風刮了進來：「怎麼樣？還滿頭痛的吧！」

這四具符屍穿著陸戰隊的制服，還有佩槍、佩刀，動作比以前看過的符屍要猛捷許多，顯然符屍的素質還跟倒楣的被下蠱者原來的身體狀況有關。

遊戲先生心想，絕對不可能只有四具符屍，剛剛只是一個臨時起意等級的招呼吧。幸好不論符屍再怎麼厲害，只要神經中樞被子彈徹底打爆了，死絕了，符屍就會停止活動，不然還眞是無解。

「的確很出色，令我刮目相看。」喬伊斯的表情倒是很眞誠。

「我要槍！我終於有自己的槍啦！」喬洛斯衝到符屍沒腦袋的屍體上，將兩把槍連同槍套塞進褲襠裡。

牧師坐在地上，久久還是無法起身：「我的頭好暈……剛剛到底發生了什麼事……」

牧師夫人戰戰兢兢地看著她的丈夫，不敢過去，而小恩雅更是緊抓著媽媽的衣角，牙齒喀喀喀作響，眼睛不敢直視她的爸爸。

「怎麼樣，你贏得了那個玩蟲的老王八蛋嗎？」

「在你的記憶裡，對這個玩蟲的老人……我應該叫他蟲佬？你對蟲佬的感覺只有恐懼，沒有其他。更進一步說，如果你對蟲佬有其他的感覺，這些感覺也被恐懼給遮掩，即使是憤怒與輕蔑，都是恐懼的另一種變形，去掩飾你記憶深處裡的不安。」

遊戲先生怒視喬伊斯。

「……你說，我在不安個什麼？」

「在多年前，你被蟲佬捉進蟬堡的那一場戰鬥裡，你目睹符屍的恐怖，跟噁心，你看過那些被蟲控制的人是怎麼自己把眼睛挖出來的。你一直很不安那些蟲到底有沒有偷偷跑進你的身體裡，因爲……」

「因爲什麼？」

「因爲你根本就沒看見那些蟲是怎麼暗中寄生在人體裡的，比起符屍的攻擊，你更怕那些小小的蟲蟲，牠們細微的活動，全在你自以爲是的動態視覺之外。」

「哈哈哈哈哈哈哈哈哈哈哈他媽的你說對了！說得對極了！」

遊戲先生看著地上一動也不動的符屍，用力哈哈大笑：「你根本不知道那些爛蟲是怎麼跑進這些人的身體！搞不好我剛剛在開槍的時候，那些亂七八糟飛的血滴跑到你的眼角、嘴巴、耳朵，還是頭皮上！見鬼了那些爛蟲的卵就鑽進去你的五臟六腑！」

他越是大笑，眼角流露出的恐懼就越深。

喬洛斯不知道聽懂了多少，但肯定是搞懂了重點。

「笑死我笑死我啦！原來你怕蟲啊！我天天都在樹上亂抓獨角仙吃啊！你吃過毛毛蟲嗎？超好吃的！尤其是快要變成蝴蝶的毛毛蟲，又大！又肥！又搞笑！」喬洛斯抓起地上一具符屍的半顆腦袋，拋啊拋啊拋。

遊戲先生兩眼發直地瞪著玩弄死人腦袋的喬洛斯……食人魔，在蟬堡裡看多了。變態，也見識過各式各樣。屍控，當然都是蟬堡裡的常住客。但這個臭小孩滿不在乎地丟著死人頭的嬉鬧模樣，眞有說不出的怪異邪惡。

「弟弟，死人頭很髒的，可能有蟲。」喬伊斯嘆氣。

「什麼！有蟲！」喬洛斯繼續拋著死人頭：「什麼蟲！」

「不好笑的蟲。」

「什麼！不好笑？」

「不好笑。」喬伊斯搖搖頭。

「那我不要啦！」

喬洛斯哇哇大叫，將被子彈射爛掉的死人頭扔向遊戲先生。

「幹嘛丟過來！」

遊戲先生大吃一驚，即時開槍轟開了拋在半空中的半顆死人頭。

死人頭炸成碎片，血屑噴得滿屋子。

遊戲先生驚魂未定，倒是喬洛斯被他慌慌張張的模樣笑得跌倒在地，抓著符屍的手用力拍著地板大笑：「笑死我了笑死我了！醜男竟然怕死人頭！好好笑喔眞的好好笑喔！死人頭又不會咬人！獨角仙才會咬人啊哈哈哈哈！」

遊戲先生感覺到臉上濕濕的，不用摸，也知道是從符屍破人頭裡噴出的小血滴。

鐵青著臉。無限的殺意在遊戲先生的心裡湧現出來，客廳的溫度登時摔落了一度，他脆弱的理智線隨時會因爲任何風吹草動而斷掉。

這個惡童，這個沒教養沒水準沒智商的小壞蛋，三番兩次突破自己的戒心，盡其所能地騷擾他。不能再放任他在自己周圍十公尺之內活著！

就在遊戲先生失去冷靜的此時，喬伊斯瞇著眼睛笑了。

「不管你的身體裡有沒有被暗中埋入蠱蟲，你都不可能贏得了蠱佬。」

「……」遊戲先生的手指搭著扳機，微微顫抖。

喬伊斯淡淡地繼續說：「才區區幾滴噴到你臉上的血，就嚇得你魂飛魄散，可見你打從心底畏懼蠱佬，即使你知道他要來抓你，你還是想硬碰硬幹掉他，也不過是太討厭害怕蠱佬的自己。對你來說這個對決最棒的演變方向，就是你在這裡耀武揚威地說你來吧，但是蠱佬卻因爲種種原因不能來，沒有來，或不想來。」

「然後呢？」遊戲先生索性拿起槍，指著喬伊斯。

「然後，你就可以說，蠱佬一定是怕了你，不敢來送死，要不然你眞想好好用子彈幫他穿衣服。所以你也給自己一個交代了，混得過去了，不必假意糾結了。」

遊戲先生冷笑。

這個臭小子曾在自己的記憶裡翻箱倒櫃，很難在這裡跟他辯駁。

「那個老王八蛋如果沒有在這個小鎭睡著過的話，你也陰不了他。」遊戲先生聲音裡夾雜怒氣，試著扳回一城。

「或許是吧。」喬伊斯搔搔頭。

「怎麼？不反駁嗎？不說一些你一定贏得了他的話嗎？」遊戲先生還是不放棄。

「不一定贏的遊戲，才值得去玩。」喬伊斯慢條斯理地闡述他的哲學：「輸了，再重新啓動就行了，玩到贏爲止。」

不知道遊戲先生是否正咀嚼著喬伊斯這段話，他的眼神從暴怒中瞬間沉靜下來。

「不過，我不打算擊敗蟲佬。」喬伊斯閉上眼睛，在黑暗的意識世界裡探索蟲佬的夢：「我想更了解他，想更了解一個能讓像你這麼自大的混球，都深深感到害怕的人物。」

但沒有。

深邃的小鎮潛意識大海裡，一無所獲。

蟲佬自從踏入這個小鎮以來，都還沒有入睡過，連一個小盹也沒有打過，片刻也沒有失神，毫無任何縫隙。眞是一個棘手的敵人，好對手，好朋友。

「喬伊斯，你到底在說什麼呢？你還是喬伊斯嗎？」牧師夫人發抖著。

「媽媽，我當然是喬伊斯。」

「不……不，你不是喬伊斯，你是誰？你……你是誰！躲在我兒子的身體裡！」

牧師夫人馬上聯想到今天鎮上的慘事：「不用佔據我兒子的身體！快點離開！」

喬伊斯用一種很溫柔的眼神看著牧師夫人，就像平常一樣。

「親愛的媽媽，爸爸的臉被打凹掉了，傷到腦神經，不久之後就會變成白痴，沒用了。」喬伊斯幽幽嘆氣：「妳跟爸爸在一起，不會幸福的。」

「我的頭眞的好痛啊！快要爆炸了！是不是有老鼠鑽進我的腦袋裡亂咬啊！快點把老鼠抓出去！快一點拿餅乾過來！」牧師抱著頭在地上翻滾，鼻孔流出一點點白色的東西，不知是鼻涕還是腦漿。

「爸爸！你眞的是爸爸嗎！」小恩雅大哭，著急不已：「媽媽，怎麼辦？我們趕快送爸爸去醫院好不好？」

喬洛斯拿著符屍垂在地上僵硬的手，用力甩了小恩雅一個巴掌：「他當然是老爸啊！老爸超厲害的有沒有！他一下子就唏哩哩嘩啦啦幹掉一個變態殭屍耶！」

牧師夫人將小恩雅搶入懷中，大叫：「喬洛斯你閉嘴！不要玩死人！」一回頭，對著喬伊斯也大叫：「你在胡說八道什麼！快點離開我兒子！你到底是誰！」

「媽媽，妳以後跟爸爸在一起，要負責幫他把屎把尿，還要用鏈子把他綁住，不然他會失控衝到大街上，不是被車撞死，就是開車把更倒楣的人撞死。我覺得這樣的人生對妳來說，眞是太不公平了。」

「你不是喬伊斯！」牧師夫人終於衝過去，一把抓住喬伊斯用力搖晃：「你不是你不是你不是喬伊斯！你是魔鬼！你是惡魔！快點離開我兒子的身體！離開！」

喬伊斯像一個棉花枕頭，沒有還手，也沒有試圖擺脫，只是單純地承受著這劇烈而歇斯底里的搖晃，直到跌倒。他靜靜地屈坐在地上，沒有一點生氣，淡淡仰頭看著他的母親。

聽著激動的心跳聲，聽著丈夫痛苦的慘叫聲，牧師夫人從上往下看著倒在地上的喬伊斯，無法不承認，她知道這就是她的孩子，沒有任何人，沒有任何其他人躲在她兒子的身體裡。

沒有，沒有任何其他人。

喬伊斯就是喬伊斯，就是她的孩子，自始至終都是她的孩子。

只是，爲什麼？

爲什麼從來都沒有發現到，這個一直在睡覺的孩子，存在著這一面呢？

他一直在睡覺。

這樣的孩子，比誰都還要單純的孩子，爲什麼會讓做母親的自己牙齒打顫？

小恩雅戰戰兢兢走了過來，深呼吸，一把牽住失神的母親的手。

「我的頭眞的好痛啊！到底要不要幫我把老鼠挖出來！快！給我刀！我自己把老

鼠挖出來！」牧師抓著凹陷的臉大吼大叫，視力好像出了問題，在客廳裡撞來撞去：「刀呢！叉子呢！到底是誰把老鼠關在我的腦子裡！」

這種荒謬的時刻，牧師那張被打凹的臉看起來格外合調。

「哈哈哈哈哈老爸！看我的宇宙飛踢！」喬洛斯一腳掃中牧師的臉。

牧師的臉被這麼一掃，腦袋激烈撞擊，登時痛到屎尿齊出。

屎！

尿！

喬洛斯靈感來襲，火速脫掉褲子，一屁股坐在牧師臉上。

「老爸！嘴巴打開！」喬洛斯舉起雙手，奮力扭動屁股：「我用我的大便臭死老鼠！你快點把我的大便吃掉！」

「啊啊啊啊啊啊啊啊眞的可以臭死老鼠嗎！」牧師已經痛到神智不清。

「嘴巴！打開！要來啦！」喬洛斯用力到翻白眼。

「啊啊啊啊啊啊啊啊臭死老鼠啊啊啊啊啊！」牧師張大嘴含住喬洛斯的屁眼。

牧師夫人已經無力阻止這難堪的畫面，她只能確保自己不要昏倒，反而是小恩雅尖叫：「哥哥不要大便在爸爸的嘴巴裡！」放開媽媽的手衝向喬洛斯，想一把推開這個著魔的爛哥哥。

喬洛斯手忙腳亂招架著小恩雅的推拉，這一用力，累積了一整天的大便就這麼灌在牧師老爸的嘴裡，唏哩呼嚕！呼嚕呼嚕！噗噗噗噗噗噗噗噗！

一旁的遊戲先生簡直拍案叫絕。

「哥哥你太壞了！走開！」小恩雅太生氣了，小拳頭連珠炮打在喬洛斯臉上。

「哈哈哈哈哈一點都不痛啊！妹妹妳真的好好笑喔哈哈哈哈！加油！給妳！」喬洛斯對妹妹的反應似乎很滿意，順手在屁眼上摳了一把大便抹在小恩雅的臉上，嚇得她哇哇大哭。

牧師夫人忽然回神，一把抓回小恩雅。

牧師被灌了滿嘴爛泥似地大便，用力咳了好幾下，終於被嗆到昏倒。

喬伊斯努力地從地上站起，笑笑說：「媽媽，妳這兩個兒子，一個總是帶給妳麻煩，一個打算帶給所有人麻煩，妳繼續當喬洛斯跟我的媽媽，妳是應付不來的。我想，妳還是離我們遠遠的比較好。」

小恩雅從牧師夫人的手心上，感覺到媽媽的手腳變得好冰冷。

媽媽在害怕。

媽媽在害怕哥哥。

「媽媽，妳對我很好，也對喬洛斯很有耐心，對我們付出無限的愛，說不定是這個世界上最好的媽媽了，所以我想給妳兩個選擇。第一個選擇，妳可以離開現在這個身體，暫時跟我在一起，我會讓妳好好地在我的夢裡睡覺。等我到了鎮外安全一點的地方，再將妳放在新的身體裡，妳就可以神不知鬼不覺地重新開始不同的人生。」

牧師夫人呆呆看著喬伊斯。

牧師夫人的眼神好像在看著喬伊斯，又好像什麼也沒有看見。

她到底做錯了什麼？

「第二個選擇，妳也看到了，有一個可怕的敵人正朝這裡逼近，媽媽，妳可以將母愛發揮到極致，用妳的生命幫我了解新的敵人，說不定喬洛斯跟我，就能在夢境之外玩贏他了。」喬伊斯說得很懇切：「媽媽，妳願意幫我嗎？」

遊戲先生簡直是看呆了這一切，用力鼓掌：「太感人了！你眞的毫無人性啊小朋友！」

「老爸！說好的老鼠呢！你腦袋裡的老鼠怎麼沒跑出來！」喬洛斯怪叫，直接將髒髒的屁眼在老爸身上蹭：「是不是我的大便不夠臭啊！」

原以爲在今天的大混亂中，自己一家是這個小鎮最幸運的人，沒想到恰恰相反，牧師夫人看著喬伊斯，鐵青著臉：「喬伊斯，我可怕的兒子，你走吧……我這輩子再也不要看見你。」

喬伊斯點點頭，說：「謝謝媽媽，我知道妳最愛我們了。」

說完，牧師夫人鬆開小恩雅的手，走向四個被打爆的符屍旁邊，慢慢跪下。

「……」牧師夫人不明就裡，爲什麼自己會做出這個動作。

小恩雅看著媽媽用手指刮起黏在地上的腦漿，一把抓進嘴裡。

「怎麼會？我在做什麼……嘔！」牧師夫人驚懼不已，卻一口吞下噁心至極的符屍腦漿：「嘔！嘔嘔嘔！快停下來！我怎麼會……嘔嘔……」

「沒想到到了最後，媽媽還是很支持喬洛斯跟我，用生命守護著我們。」喬伊斯很感動，聲音還帶著一點哭腔：「媽媽，謝謝妳用妳的身體當作實驗品，跟蟲蟲奮戰，我會仔細觀察妳的努力，感謝媽媽！」

喬伊斯向牧師夫人鞠躬。

「我說……我叫你離開！是你搞的鬼嗎！快停下來！」牧師夫人又驚又怒，卻沒有停止吃食腦漿的詭異動作，明明就很噁心卻又無法眞的嘔吐，她確信自己的潛意識被不明的力量操縱了。

這個力量，也是喬伊斯的……惡魔伎倆嗎？

這個力量，跟全鎭的離奇悲劇有關嗎？

「喂喂喂，你媽媽的意思是，她想好好活下去，然後叫你滾越遠越好啊！你到底是哪一個字聽不懂？」遊戲先生笑嘻嘻打岔。

沒有一開始就朝這個小王八蛋腦袋開槍，實在是太好了，要不怎麼看得到這種鬼神級的邪惡？遊戲先生幾乎想膜拜下去。

「老媽好強！宇宙亂吃大王原來不是我老爸！是我老媽嘻嘻哈哈哈嘻嘻！」喬洛斯大叫：「老媽！加油！」

小恩雅哭著衝向喬伊斯，握起小拳頭對她哥哥一陣亂打：「哥哥不要這樣！」

喬伊斯沒有閃避，喬洛斯卻暴怒，光屁股從牧師的臉上彈起，抓住小恩雅的脖子就是一個可怕的過肩摔，摔得小恩雅眼冒金星。

「妳太可惡了！我要殺了妳！爛妹妹！臭妹妹！」

還不夠！喬洛斯怒不可遏，抓起小恩雅的頭髮，朝桌腳一甩，小恩雅的臉直接命中桌腳，鼻血狂噴。

喬洛斯在無法反擊的小恩雅背上，連踏了十幾下。

牧師夫人繼續趴在地上用手掌在客廳地上鏟肉，腦漿吃完了，改吃內臟，滿臉血淋淋，嘴角都是肉沫，她無法控制自己的身體，當然也無法控制她的嗅覺與味覺，生吞死屍的氣味讓她發瘋：「喬伊斯！停下來！我是你媽媽！快停下來！」

「媽媽，妳吞下去的生肉裡，應該有一種小蟲叫蟲蟲，我在妳買給我看的世界不可思議風俗傳說裡讀過，傳說中這種奇特小蟲在進入宿主的身體後，可以被施放小蟲的人從遠方控制，能夠控制到什麼程度，至少就是我們剛剛所看到的那個樣子，變得不怕痛，速度跟力量都更快了，但爲什麼宿主會沒有眼睛呢？蠱蟲又怎麼控制一個人的身體呢？蠱蟲又怎麼在宿主與施放者之間擔任傳遞命令的角色呢？我不知道，對於蠱蟲，我有太多不懂的東西了，畢竟遊戲先生的記憶裡，只有忙著慘敗的逃避畫面，沒有太多可用的東西。」

「是是是，當年我忙著輸眞是糗啊，你現在忙著惡搞你媽就比較了不起。」遊戲先生看了也想吐了。比起眼前的畫面，剛剛那滴噴到臉上的血，好像也不算什麼了。

喬伊斯看著慈愛的母親瘋狂吞吃著一大堆的屍肉，似乎感到有一點點難過：「我這樣對我們的家，妳還願意自告奮勇幫我實驗蠱蟲，我很感動，難道，母愛就是這個世界上最眞誠的愛嗎？」

「嘔嘔嘔嘔……嘔嘔嘔嘔嘔……」牧師夫人的眼角都是痛苦難當的淚水，她將淹到嘴邊的嘔吐物，又不可思議地吞了回去，那種對誰來說都是過分難受的滋味，完全擊潰了牧師夫人的求生意志。

「好像不需要翻譯啊，你媽叫你停止，放她走啊！」遊戲先生轉頭看著窗外警戒，分散一下噁心的視線。

「嘔嘔嘔嘔嘔……」牧師夫人不停地挖，摳，刮，捧，吞，嚥，吃食屍體的速度之外，就像訓練有素的食人族：「快停……不要這樣……對媽媽……不要……」

喬伊斯清澈的藍色眼睛，流下了兩行眼淚。

「媽媽，有感覺了嗎？有感覺了對不對？」

「嘔嘔嘔嘔嘔嘔嘔嘔嘔嘔嘔嘔嘔嘔嘔……」

「好，不要吞了，好好感受一下蠱蟲的卵在妳的胃裡孵化的狀態，閉上眼睛，用想像力的意念告訴我，那是什麼感覺？」喬伊斯用纖弱的手指擦掉淚水。

「嘔嘔嘔嘔嘔嘔嘔嘔……」牧師夫人停止噁心的吞食，緊緊閉上眼睛。

喬伊斯同樣閉上眼睛。

是了。

從小到大，母親的夢世界就是他最常吃食精神能量的場域，他剛剛一如往常，自由進入了母親的潛意識世界，輕易操縱了母親控制身體的能力。現在，他讓蠱蟲在母親的體內迅速繁衍，觀察著蠱蟲對母親的影響。

但當然不只是了解蠱蟲，如此簡單的研究思維。

喬伊斯的戰略思維更爲大膽……

既然蠱蟲可以從遠方被下蠱者操縱，就可以假設，蠱蟲在侵入宿主身體、掠奪宿主對身體的控制權後，就能以某種精神能量的形式，遠遠跟下蠱者的精神能量場發生聯繫，讓下蠱者間接地操縱宿主的身體。

那麼。

那麼也可以反過來。

如果喬伊斯自己能夠掌握母親的部分大腦，不被蟲蟲完全挾持，就能夠打開一個「後門」，跟下蠱者遙遠地發生聯繫。他或許就能知道下蠱者正在對蟲蟲施行什麼樣的命令，正在策劃何種行動！甚至——

緊緊皺眉。

喬伊斯透過母親的絕頂痛苦，感受著蟲蟲不斷滲透的威力。

蟲蟲好強壯啊。

那麼小小的小小蟲，竟然在母親的身體裡以最短時間大量繁衍，而且，品種還不是單一，至少有七種不同基因的小蟲在母親體內擴散，各司其職感染不同的器官，其中一種基因特異化的蟲蟲朝大腦不斷進攻，緊緊纏繞著腦幹，瘋狂啃噬母親的意識。

「嘔嘔嘔嘔嘔嘔喬伊斯……我可怕的孩子……」牧師夫人抓著自己的腦袋，指甲都快戳進了腦門。

啪啪啪啪，指甲終於硬生生斷裂。

「是的，我會好好照顧自己的，親愛的母親。」喬伊斯語氣憂傷，轉頭吩咐喬洛斯：「弟弟，跟媽媽說再見。」

「老媽！不要走啊妳不要走啊！啦啦啦啦不要走啊！」喬洛斯光屁股坐在小恩雅的背上，心不在焉地亂叫，將小恩雅的頭抓起，啪啪甩了兩個熱辣辣的巴掌：「爛妹妹，快跟老媽說不要走啊！」

小恩雅恍恍惚惚地半睜開眼。

模模糊糊，小恩雅看見黑色的血液從母親的鼻孔汩汩流出。

「答應我……答應我……」迴光返照之際，牧師夫人的眼睛裡只剩下最後一滴光。

讚歎不已的遊戲先生靠在牆邊，將這感人肺腑的畫面刻在眼睛底。

即使惡霸如他，將來也一定會因此做惡夢的。

一定。

「好的，我會的，我會好好照顧小恩雅。」喬伊斯點點頭。

「答應我！你會離我的女兒遠遠的！遠遠的！」在失去最後的意識前，牧師夫人目光大盛，慘然尖叫：「遠遠的遠遠的遠遠的！遠遠的遠遠的！」

牧師夫人猛力將手指插破眼珠，又抽又刮地攪碎。

「好的，當然沒問題的，我會想辦法離她遠遠的，直到……」

喬伊斯微笑。

22

蕭瑟的州際公路邊，染血的交通指示牌。

黃色封鎖線邊緣，裝甲車上的機關槍已經掃射過十三輪，上百具妄圖闖過邊界的鎮民倒在公路邊，死在不屬於自己的身體裡。

爲了奪回自己的身體，爲了報復別人的人生，爲了平日無法想像的取樂，小鎮裡持續自相殘殺，舊的恩怨加上新的猜忌，殘殺的因果不斷擴大，恐懼吞噬了所有鎮民的心。

怒砸車的聲音永遠只會更吵雜。

亂燒房子的火焰永遠只會更旺盛。

槍聲只會越來越隨性，像是這個小鎮的獨家配樂。

再這樣下去，不到三天，這個小鎮的死人就會比活人還多了。

與死神打過好幾次交道的鐵鎚鷹，現在能做的其實不多。

幸好鐵鎚鷹懂得欣賞混亂。道德感超越使命感的人，是無法抽上這根菸的。

時間一分一秒地過。

一百個身中蠱毒的士兵，坐在鐵鎚鷹身處的軍事帳篷外面，圍了一圈又一圈，低頭不語。滿地都是混濁不明的碎眼珠，除了鐵鎚鷹，無人敢靠近。

蠱蟲在這些士兵的體內大量繁殖，一方面剝奪心智，一方面激發細胞的極限，細小的蠱絲纏繞住神經，牽引著肌肉振顫，等於重新設定宿主的生存狀態。在倒下以前，這些士兵都會處於最巔峰狀態。

說好的三個小時，只剩下唸完一章節聖經的時間。

符屍完成前的時時刻刻，都是蠱佬最脆弱的空隙，只要將蠱佬的脖子輕輕一扭，馬上就能夠結束一個黑暗的恐怖傳說。

蠱佬當然沒有笨到待在軍營裡慢慢養屍。

南角玉米田旁，一片黑壓壓的樹林裡，蠱佬一個人蜷縮在漆黑的樹洞裡。

他靜默的姿勢是一種擬態，與一旁的蜂窩、蛇窩、蛾蛹、獨角仙巢穴、隨風顫抖的蜘蛛絲網、枯敗的樹皮，在黝黑的樹林裡慢慢融合在同一個諧調的頻率，那是大自然生生不息的寧靜，天與地的呼吸，完全覆蓋住蠱佬的氣息。

達到這樣的境界之後，蠱佬等於隱形。

而蠱佬指尖上的母蟲跟牠散布出去的子蟲，正產生獨特的共鳴。

蠱佬凝視著肥美的母蟲，嘴唇微微打開，像是在說話，卻又完全沒有發出聲音，若旁人仔細聆聽的話，卻又有種令人失去平衡感的暈眩，正是傳說中的「蟲語」。

在蟲佬的指尖上，母蟲的身軀微微搖擺，一百個符屍所需要的集體聯繫似乎令母蟲相當辛苦，而蟲佬呢呢喃喃的蟲語，也在幫助母蟲發揮牠的潛力。

說不清楚操縱的距離具體上到底能夠多遠，但只要給予簡單的命令，即使脫離了母蟲的召喚，符屍依然能夠將命令貫徹到底再自我毀滅。精密複雜的行動，則母蟲與符屍之間的距離越短越好，一個小鎮才這麼大，足夠蟲佬躲在樹洞裡完成所有作戰的細節，如果遊戲先生沒有找到蟲佬的藏身之處……從來也沒有人能找到他的藏身之處，一百個恐怖絕倫的符屍將徹底將遊戲先生拖進地獄。

「……」蟲佬的專注出現了一滴縫隙，母蟲也微微抖動了一下。

這種不安感是怎麼回事？

今天的戰鬥，對蟲佬來說並不能稱得上緊張，比遊戲先生更厲害許多的對手，蟲佬都遭遇過，歷經一番苦戰總是能取勝，只是蟲佬的心中一直有些描述不清的焦躁。

剛剛透過那四具先行符屍的刺探，蟲佬察覺到除了遊戲先生繽紛的子彈之外，還有一股很強大的精神力跟遊戲先生在一起，那股力量，就是鐵鎚鷹這一次最想帶回蟬堡研究的東西吧。

……帶得回去嗎？

樹洞附近的生物磁場忽然變得很紊亂，唰唰唰唰——有東西用很快的速度靠近！這種速度，絕對是掌握了自己的位置直奔過來的！

蠱佬才一警覺，一道黑影就這麼筆直地衝進這掩蔽得十分完美的樹洞裡，跟蠱佬鼻子碰鼻子地撞在一起，即使是身經百戰的蠱佬也大大嚇了一跳，指尖的母蠱蟲也受驚捲起了身子。

在漆黑的樹洞裡，那微微的月色逆光中，這個黑影的呼吸完全噴在蠱佬的臉上，充滿了腐臭的氣息。那腐臭味蠱佬再熟悉不過，尤其看到這黑影的臉上有著兩個大大的血窟窿……

蠱佬沒有說話。

他沒有印象自己曾經製造過這頭符屍，可眼前這頭不知道打哪來的「符屍」，竟然跑到自己的藏身處，蠱佬不怕，但也不懂。

「你是什麼東西？」蠱佬觀察著這頭莫名其妙的符屍。

其身上的蠱味，正是今天自己想要用來圍捕遊戲先生的那種蠱蟲。

「可惜我媽媽把自己的眼睛挖掉了，不然我真想好好看看你，天才橫溢的蠱蟲師。」

說話的符屍，正是前一刻還在大吃符屍屍體的牧師夫人。

「我完全不懂，妳……妳是什麼東西？是我不小心製造出來的嗎？」彷彿生死早已置之度外，蠱佬現在只想搞懂這一點。

「我媽媽吃了你派去刺探遊戲先生的符屍，所以就變成現在這個樣子了，你養的蟲眞了不起，我媽媽失去意識之前一直都很痛苦，你說，我應該怎麼謝謝你？」

牧師夫人血淋淋的那張臉，無關痛癢地說著可怕的話。

「既然中了我這種蠱，腦子就會完全停止思考才是，我完全搞不懂。」蠱佬的背頂著樹洞底部，鼻子壓著牧師夫人的鼻子，顫抖地問：「你……是怎麼保持神智的？」

「你的蟲那麼棒，我媽媽怎麼有辦法保持神智呢？我只是忍不住借用我媽媽的身體跑來讚美你。」

「……」蠱佬的心中閃現過十幾種可能，這十幾種可能重新排列組合後，他狐疑道：「你，你的意識，用某種方法進入你母親的身體，所以你操縱了你母親？」

「差不多是這樣了，就像你用蠱蟲操縱其他人一樣。」

蠱佬張大嘴巴，完全闔不起來。

「那你找到我……」

「方法是嗎？很簡單啊，因爲你施放出去的蠱蟲，都要聽候你的命令，所以一定有集中化母體的存在，我就順著那些蠱蟲的意識，很自然就知道編織命令的地點在哪。再說一次，你的蟲很棒，將我媽媽的身體素質提升了好幾個層次，所以我才能這麼快衝到你面前。」

說起來簡單，但實際上非常困難。尤其是聆聽蠱蟲微弱的意識，這要如何辦到？

「你也是……蠱蟲師嗎？」蠱佬很艱辛才吐出這個問句。

他實在很難相信，這個世界上竟然有人跟他一樣擅長蠱術。

「遠遠不是。」牧師夫人微笑：「我只是一個，對很多事情都感到興趣的人。」

雙眼只剩兩個大黑洞的微笑實在很恐怖，但蠱佬一點也不介意。

「那你是怎麼辦到，用意識控制另一個人的身體？」蠱佬半點也沒有懷疑，操縱這個身體的背後者，應該就是這個小鎮之所以大混亂的元凶。

「我也很好奇原因，爲了尋找我的能力起源，我得好好研究這個世界呢。」

「研究這個世界啊……研究這個世界啊……眞是偉大的夢想，只不過我從剛剛就一直在想一直在想一直在想，你該不會以爲，找到了我，勝負就決定了吧？」蠱佬的手指，輕輕捏住指尖上的母蠱。

只要他輕輕用力，母蠱一死，這些正在被組織集體意識的符屍就會斷線，瞬間垂軟倒地不起。當然，也包括了眼前這個找上門來的半符屍，一口氣解決。

牧師夫人忽然笑了，眞是張詭異蒼涼的笑臉。

「別急，你捏死了母蟲，只是白白搞丟了你正在處理的那些符屍。」

「……」蠱佬的手指躊躇了一下。

「至於我媽媽這一頭，頂多身體變得跟普通人一樣，但精神上還是挺得住。我要在這個樹洞殺了你，眞的需要那麼強壯的身體才辦得到嗎？如果我眞的要殺了你，從剛剛到現在，我又爲什麼要跟你說這麼多？」

好像，有點，道理。

「……你要什麼？」蠱佬有些迷惘，手指已放開了肥美的母蟲。

小小的樹洞裡，牧師夫人裝模作樣，故意壓低聲音。

「等一下遊戲先生就要來殺你了，你想要跟我一起聯手幹掉他嗎？」

蠱佬幾乎是笑了出來，面對遊戲先生這場仗，難度只有鐵鎚鷹要抓活口這個條件比較尷尬，其他的部分幾乎沒有敗北的可能。

「我不需要幫手，我有一百頭最好的符屍，連一艘航空母艦都可以毀掉。」蠱佬自信滿滿，好像忘了自己的小命隨時都會被眼前的半符屍取走似地。

「是的，你不需要幫手，但我需要你確確實實幫我把遊戲先生幹掉。」

「……」

「所以不是你需要我，是我需要你。我需要你想辦法幹掉那兩把槍。」

「……你們不是在一起的嗎？」蠱佬從那四個符屍的刺探中得到不少情報。

「不瞞你說，遊戲先生掌握了我的弱點，暫時我得被迫跟他一起行動。」牧師夫人抓抓頭，說：「我假裝跟他聯手對付你，實際上我有更想得到的東西。」

蠱佬搖搖頭：「以你的能力，操縱遊戲先生的身體不就可以脫困了嗎？」

牧師夫人讚歎不已：「眞是一點也瞞不過你，暫時我還缺少某些條件沒有滿足，所以沒辦法操縱遊戲先生，迫切需要你的幫助呢！」

蠱佬看著牧師夫人，不知道她所說的有幾分眞，幾分假，只不過有一點可以確定，這個幕後怪物的能力著實可怕，竟然可以遠端操縱一個人到了可以直接用對方的喉嚨說話的程度。更驚人的是，他的精神能力凌駕在蠱蟲之上，自己從剛剛就默默驅動指尖上的母蟲，試圖用命令強制將這頭半符屍彈出樹洞，卻一點效果也沒有，看樣子蠱蟲在征服這個女人的意識核心時，徹底被那股精神力量擊潰了。

眞羨慕，那股力量。

眞羨慕，可以自由自在操縱一切的，那種力量。

「我幫你解決遊戲先生，你用什麼當回報？」蠱佬緩緩開口。

「你是帶著特殊命令來的吧？沒問題，我讓你抓進蟬堡，我對那個地方非常有興趣，這將是一場雙贏的好交易。」

「你知道蟬堡？」蠱佬冷笑。

「一知半解，只知道你也跟蟬堡頗有淵源，連遊戲先生也是從那裡逃出去的。」

「我不知道你爲什麼要去那種地方，但，我一直在想一直在想，如果我幫你制伏了遊戲先生，我要你教我，用精神力量控制人體的方法，一定教到我會爲止，你能做到嗎？」當蠱佬提出這麼一個要求時，連他自己都覺得很驚訝。

「我做不到。」牧師夫人幽幽地說。

「……」

「這種能力是我與生俱來的，我不知道如何教給別人學會。」牧師夫人伸出手，誠摯地握住蠱佬爬滿皺紋的雙手：「但是，我很樂意將這種力量與你分享。」

「你願意……將力量，分給我？」蠱佬難以置信。

「與你分享力量，就能交換到進入蟬堡的門票，我覺得這筆交易相當划算。」

蠱佬從她血淋淋的雙手中，感覺到一股難以拒絕的誠意。

尤其是本體被發現，處於絕對劣勢的自己，對方提出這種交易更是溫暖得閃閃發光。只要自己的符屍兵團一完成，自己就完全沒有死角了，一旦對方想惡意毀約或心懷鬼胎也都無所謂，他可以憑藉著符屍軍團討回一切。

「問你到底想從蟬堡裡得到什麼東西，你一定不會回答我吧。但是……」

蠱佬玩弄著指尖上的母蠱，母蠱妖嬈擺首，全身散發出一股淡淡的紅光。

小鎮邊界上的一百名士兵，已經蠱化完畢。

「告訴我，你的計畫吧。」

23

喬伊斯睜開眼睛的那一瞬間，正好看到一頭牛被哞哞哞撞上了天。

喬洛斯正在小鎮裡胡亂開車，看到什麼就想撞什麼，擋風玻璃早就碎了。

遊戲先生坐在副駕駛座，看著後視鏡裡的喬伊斯忽悠坐了起來。

「怎麼啦？找到那個老王八蛋了嗎！」

遊戲先生嚷嚷，隨意朝窗外亂射，打爆兩個正在路邊廝殺的年輕人的腦袋。

亂殺路人最棒了，隨隨便便就連鎖改變了一大堆人的人生。

「突襲失敗了，那個老人相當高竿，幾個符屍將我媽媽扯成碎片。」

喬伊斯摸摸身旁靠在車窗邊昏迷不醒的牧師，牧師的頭上插著一支叉子，嘴巴滴著口水，醒來後十之八九也會變成白痴吧。

「但至少找到了那老王八蛋的位置吧？」說著說著，遊戲先生搶先在喬洛斯撞上前，把一個正在過馬路的老太太的頭射爆。

「當然。」喬伊斯打了一個呵欠：「喬洛斯，我們往玉米田那邊開過去。」

「好啊哈哈哈哈哈哈！那裡有很多殭屍可以撞嗎！」喬洛斯猛踩油門，殭屍沒撞到，倒是先輾死了兩個正在拿刀互砍的小孩。

遊戲先生看著後照鏡裡的喬伊斯：「……玉米田裡有什麼？」

喬伊斯微微皺眉：「蠱佬在玉米田邊上的樹林躲起來，在一個樹洞裡，大概有四個跟今天差不多等級的符屍在附近保護他。」

「才四個？」遊戲先生精神抖擻了一下。

「我媽媽被扯碎以前，我感覺到有很多蟲蟲在封鎖鎮界的軍營裡發出很高的能量，我猜蠱佬用了很多士兵來養蟲，最後大概會有一百個符屍吧。我們的時間不多，不然等到蠱佬湊齊一百個用士兵養成的符屍，我卻還無法進入他的夢，我們就必輸無疑。」

「……一百個符屍。」遊戲先生朝車窗外啐了一口痰。

一百個，用士兵養成的符屍。

嘿嘿嘿嘿……那些士兵都是最強壯的陸戰隊吧？遊戲先生試著用熱血沸騰形容現在自己的感覺，可實際上只有打了一個冷顫便硬生生吞了進去。

幾年前，在遊戲先生還不叫遊戲先生的時候，便遭遇過符屍的襲擊。當時印象最深刻的，並非被符屍制伏的難堪回憶……老實說，當年自己尚未領悟槍神奧義，面對七、八個非常難死的殭屍一樣的怪物，糊里糊塗被打趴了也沒什麼特別丟臉的，無法抹滅的印象是，在被制伏之後，蟲佬親自帶著身受重傷的遊戲先生上了救護車所發生的事。

被打了強心針、電擊了兩次、臉上還罩著呼吸器的遊戲先生，眼睜睜看著身旁的兩名醫護人員莫名其妙停止動作，坐在一旁，將自己的眼珠挖了出來，那個畫面深深刻在遊戲先生的恐懼裡。不知道過了多久，車門一開，這兩個沒了眼珠的護士便跟著蟲佬離開，進行下一個捕捉任務，而遊戲先生被扔進了急診。

今晚稍早輕鬆愉快幹掉了三個行動超快的符屍，證明了自己的槍法已進化至巔峰，但閃躲那些從彈孔噴出來的噁心血水，比開槍更費心神，教遊戲先生非常緊張。那些小小的蟲蟲肯定藏在那些血水裡，保持距離還能夠靠子彈命中的角度去調整血水噴出的力道，那是一種微妙的直覺。但這種奇特的直覺，面對一百頭符屍還扛得住嗎？

爆掉一百頭符屍，不難。

要爆掉一百頭符屍卻不被那些血水噴到黏到，如何能做到？

心煩意亂的遊戲先生，臉上仍嬉皮笑臉，朝著車窗外開槍：「哈哈哈哈嘻嘻！」

後座上，喬伊斯的手輕輕撫摸，感受著牧師臉上的兩個凹陷，臉骨的碎片已倒插進腦袋，腦漿從斷裂的鼻骨中慢慢滲透出來。喬伊斯有些遺憾，把自己忠誠奉獻給上帝的父親，在瘋狂劇痛的當下是想去醫院、是想用叉子把腦袋裡的老鼠挖出來，而不是向上帝禱告祈求聖靈幫助，這眞是令他有點失望。信仰的力量，原來只有這點程度。

「現在，我們只剩下爸爸了。」喬洛斯的語氣頗爲感傷。

亂甩著方向盤，喬洛斯樂不可支：「媽媽壞掉了，再把爸爸弄壞掉！我們是不是就變成傳說中的孤兒啦！耶哈哈哈哈！」

「是的喬洛斯，所以我們要珍惜爸爸。」喬伊斯撫摸著牧師的頭。

遊戲先生覺得這實在是太可笑了。

「大魔王，我們要去突襲，你幹嘛還帶著你爸爸？」

「因爲我媽媽被符屍幹掉了。」

「不是問這個，我是問，你既然可以把你發明的那個那個……腕力很強的那個誰？」

「鐵腕碎石機。」喬伊斯莞爾，捏捏牧師的臉：「不過鐵腕碎石機不是我發明的，充其量，我只是幫他接生到這個世界上的醫生。」

「對！你既然可以把鐵腕碎石機的靈魂倒過來又倒過去，鎭民那麼多，你幹嘛不帶稍微完整一點的人過來裝他的靈魂啊？連叫你妹妹過來湊熱鬧都比較強吧？你爸現在被打成白痴，那些符屍隨便弄一下頭就掉了，一點狗臭屁用處也沒有嘛！」

「狗臭屁！哈哈哈哈哈我老爸是狗臭屁！」喬洛斯被戳中了笑點。

「因爲爸爸就是爸爸，無論我們發生任何事，爸爸都會保護我們。」喬伊斯拭去牧師嘴角黏稠的口水，仔細地擦在褲子上。

「哈哈哈哈老爸都搞成這樣了還不放過，我是無所謂啦！大魔王你高興就好！」遊戲先生慢條斯理地塡充子彈。

板金被撞得亂七八糟的紅色汽車一路衝，往玉米田的方向一路又輾又撞，彷彿不想被這個死小鬼比下去，開窗迎風的遊戲先生也沒有停止過亂射路人。

「你不省子彈嗎？等一下說不定有打不完的符屍在等著我們。」喬伊斯好奇。

「省個屁！省個屎！那老王八蛋一向躲在後方操縱符屍，只留一點符屍在旁邊當保險，所有人都在找到他的本體之前，就被一大堆符屍幹掉了。」遊戲先生洋洋得意，連續開槍爆掉他眼睛所能看到的能動之物：「他派一大堆符屍到處找我們，我們卻忽然衝到那老王八蛋藏身的地方，他一定會嚇得魂飛魄散哈哈哈哈！然後我一槍爆掉他的頭！」

「我也有自己的槍啦哈哈哈哈！醜男！等一下我們繼續比賽打殭屍！」喬洛斯瘋叫，拚命踩油門：「上次我贏！這次我還要贏！」

「低級的小鬼！上次你哥哥幫你作弊你贏個屁！」遊戲先生怒不可遏，洩恨似繼續開槍。

喬伊斯微笑，從後方欣賞著遊戲先生笑過頭的側臉。

一顆子彈射落了一個正在屋頂上舉起白旗的胖妹，一顆子彈貫穿了兩個正拿著割草機互殺的中年男子，一顆子彈擊碎了正打算舉槍自殺的輪椅老人腦袋，一顆子彈撕開了一個正在院子裡強姦拉布拉多犬的粗壯男人後腦……

殺人眞是一件擁有多重功能的活動，有人因爲仇恨而殺人，有人因爲金錢而殺人，有人因爲想救人而殺人，有人因爲愛情而殺人，原來，也有些人會在非常害怕的時候，藉著殺人來釋放壓力。

快要解體的紅色轎車終於開進一望無際的玉米田裡，更遠處就是樹林。

玉米田裡沒有活人可以讓遊戲先生發洩，只有了無生息的稻草人，比人還高的玉米莖葉唰唰唰擦過車身，視野變得非常不好。遊戲先生的野性第六感不斷高漲，毫無縫隙地提防任何突發狀況。

「你很緊張。」喬伊斯看著遊戲先生的側臉。

「我緊張個屁！」遊戲先生冷笑。

「你應該緊張的。」喬伊斯認眞地說。

「爲什麼？」遊戲先生看了一眼後照鏡，喬伊斯的眼睛清澈湛藍：「大魔王，你暗地裡在搞什麼鬼嗎？」

「因爲你沒有爸爸。」喬伊斯的聲音誠懇眞摯。

「啊？」遊戲先生警戒著窗外，玉米田裡的視野眞差：「關我老頭屁事？」

「無論發生任何事，爸爸都會保護我們。」喬伊斯重複著這一句：「你沒有帶爸爸，所以沒有爸爸保護你。你沒有爸爸保護，我們有爸爸保護。無論發生任何事，爸爸都會保護我們。」

「聽不懂你在胡言亂語什麼。」遊戲先生專注地感覺有無不正常的殺氣逼近。

牧師陡然睜開眼睛。

喬洛斯大叫：「喔喔喔喔哈哈哈哈！翻車啦！」方向盤胡亂一轉，車子極速打滑，不知道撞上什麼東西，車子傾斜飛出。

牧師一手一個，即時抓著喬伊斯與喬洛斯，硬是撞出失控的車子。

在車子剛剛撞落地面時，腳受傷的遊戲先生也狼狽地踢門而出。

車子只滾了兩圈就被兩公尺高的玉米莖葉給攔住，遊戲先生來不及搞清楚牧師帶著喬伊斯與喬洛斯跑到了哪裡，就感覺到濃烈的殺氣不斷不斷從土裡爆出。

「操他媽的是陷阱！」遊戲先生一槍轟向從土裡抓住自己右腳的那隻手。

當然是陷阱。

一百頭超強化的陸戰隊符屍從土裡直挺挺噴出，藉著高大的玉米田莖葉的絕佳掩護，龍捲風似地強襲遊戲先生。

遊戲先生又驚又怒，雙槍揚起，子彈狂飛。

符屍無聲無息。

子彈呼嘯。

子彈一一貫穿符屍的腦部，毫無浪費。

前面的符屍斷線倒下，後面的符屍持續撲上。

遊戲先生的視線進入絕對的無限維度物理空間，那是一個由符屍衝過來的速度、子彈噴出的螺旋彈道、符屍頭骨硬度、符屍頭骨中彈後傾斜導致流彈噴出的角度、流彈滑過玉米莖葉受到的撥動、雙手受限於玉米莖葉的物理韌性——所構成極其複雜的流動異景，即使是全世界的電腦加起來也無法即時演算的超不穩定結構。

首先是一顆子彈解決一個符屍。

再來是一顆子彈轟掉兩個符屍。

一下子就來到一槍爆掉四個符屍的境界。

符屍以驚人的速度衝過來，再以莫名其妙的速度倒下。

——槍神奧義？

遊戲先生沒有時間思考，毫無點滴時間害怕，甚至也無暇讚歎自己進入的新世界，他只有不斷不斷地開槍。即使因腳傷無法動彈，不，或許正是因爲腳傷無法動彈，所以遊戲先生得以前所未有地專注當下，不移，不動，用子彈建築自己的世界。

雙槍在奇異的彼此掩護下無違和完成補子彈的動作，彈道穿梭左右，血漿噴飛。

不可思議。

惡魔的手筆。

符屍以各式各樣的姿勢倒下。

遊戲先生以一個人加上兩把槍的絕對威力，在玉米田裡殺出一個可怕的血圈。

「Party……」遊戲先生低聲喃喃自語：「Party……Party……」

大概是六十幾個符屍恰恰好倒在遊戲先生腳邊的時候，子彈、符屍、碎骨、流彈、玉米莖葉所一起構築的複雜流動異象才出現微妙的改變。

在半空中停止運作的符屍撞向被屍體團團困住、無法移動半步的遊戲先生。

壓到腳，擦到腰，輕輕碰到手肘。

第八十七具符屍失速撞向滿身大汗的遊戲先生的背，遊戲先生的手微微晃了一下，眼前的奇妙世界裂出了一條縫，縫隙如蜘蛛網散開——子彈擊中第八十八具符屍的左眼，令第八十九具符屍的手握住了遊戲先生的槍。

扣扳機，子彈擊碎符屍手掌的瞬間，遊戲先生也被第九十具跟第九十一具符屍給抓住雙手……魔鬼戲耍子彈的遊戲到此爲止。

「就差一點點！」

站在符屍的屍體中間，遊戲先生悔恨不已，隨即感覺到自己全身上下都被十幾個符屍給牢牢控制住。

太噁心了，眞的太噁心了，從脖子、從手、從腳都傳來符屍手上的灼熱觸感，讓遊戲先生非常想吐，這輩子最最最害怕的惡夢正發生在自己身上。

堆滿屍體的玉米田，臭氣難當的血腥味。

「好好好！我認輸了！我答應當老鷹的走狗行了吧！」遊戲先生崩潰大吼。

沒有回應。

「我說！我答應那些老鷹行了吧！以後我負責幫他們抓人！沒問題！」

沒有回應。

「沒聽到嗎老王八蛋！我說——好！沒問題！以後我跟你一樣當老鷹的走狗！」

沒有回應。

「聽到了就快點放開我！我說到做到！快把他們的髒手給我拿開！」

沒有回應。

「不相信我嗎！操他媽的我說到做到！到處跟一些神經病對幹這種事我本來就很有興趣啊！只是我比較不喜歡聽別人的命令做事而已！總之我不會反悔！等一下也不會對你開槍，不信你就把我的槍拿走嘛是不是！是不是嘛！把我的雙槍拿走啊我就沒輒了嘛！快點！叫他們把手給拿我拿開！」

沒有嘻嘻，也沒有哈哈了。

遊戲先生嚇到整個人臉色蒼白，連話都說得不清不楚，一點也不硬派。

玉米田的深處，終於出現了幾道人影。

蠱佬走在最前頭，身上還殘存著蜘蛛絲與樹葉，牧師也帶著喬伊斯跟喬洛斯跟在後頭，看起來根本就是同一夥的。

「遊戲先生，你果然很強啊，遠遠看了戰局，我一直在想一直在想，當初如果不好好設下陷阱的話，就算出動兩百頭符屍也抓不到你吧。」蠱佬嘖嘖稱奇，近距離打量著遊戲先生。

遊戲先生怒瞪著站在蠱佬後方的喬伊斯。

「你幹嘛跟這個老王八蛋聯手！」遊戲先生惱怒不已：「你這個叛徒！」

「我只是提供他一些建議。」喬伊斯如常地微笑。

牧師抓著自己的頭：「老大！我的頭眞的好痛好痛啊！我可不可以乾脆把自己的頭扭掉啊！」顯然剛剛是鐵腕碎石機的精神力及時衝進牧師的軀體。

「還不行。」喬伊斯沉著臉。

「是的老大！哈哈哈哈我的頭眞的快炸掉了！痛死我啦哈哈哈！」

「叛徒！廢物！下三濫的東西！」氣急敗壞的遊戲先生用全力吐口水，可脖子被勒著，口水只能吐到眼前符屍的臉：「你想去蟬堡是吧？告訴你！像你這種只會告狀！打小報告的爛人！到了蟬堡就準備被雞姦到死吧！」

喬洛斯笑到流眼淚，從褲襠裡拿出從客廳符屍身上拿走的手槍。

「醜男！你看起來好好笑喔！眞的好好笑喔哈哈哈！又醜又好笑！」

毫無前奏，喬洛斯隨手扣扳機，一槍就打中了遊戲先生的肩膀。

遊戲先生大怒，這個小鬼竟然在一天之內對自己開了三槍！三槍！三槍！

三槍裡竟有兩槍眞的命中！連最忠誠的子彈也背叛了自己！

蟲佬皺眉，希望這個槍傷不要帶給遊戲先生大礙，否則很難跟鐵鎚鷹交代。

「謝謝你將遊戲先生抓住，幫了我一個大忙。」喬伊斯向蟲佬深深一鞠躬。

「彼此彼此。」蟲佬微笑。

他喜歡守信用的人。

喬伊斯眨眨眼，看著無法動彈的遊戲先生：「我不知道遊戲先生的下場會怎樣，當然是聽憑你的想法。我只是忍不住好奇，像遊戲先生這麼厲害的人物，如果感染了蠱毒，是不是會成爲一個前所未有的無敵符屍呢？」

蠱佬楞住。

遊戲先生也呆了一下。

比起那八千個正在自相殘殺的鎮民……

會自相殘殺，哪裡像是心智堅強的人呢？

將實驗性的新品種蠱蟲餵給那些鎮民，其結果恐怕也只是一堆崩潰自毀的爛肉。八千人份的爛肉。

跟鐵鎚鷹的交易，看起來划算，可是並沒有換到自己眞正期待的結果。

眼前，努力抗敵幾乎獲勝的遊戲先生，似乎才是蠱蟲實驗的萬中選一奇才。

「你別聽他胡說！」遊戲先生看著閃耀在蠱佬眼中的異光，整個人都慌了：「聽好了！我願意……我打從心裡一百萬分的願意，從今以後我就是老鷹的走狗！同時也是你蠱佬的小弟！」

蠱佬越走越近。

「小弟的意思！就是專門清理你懶得處理的骯髒小事！通通……通通都交給我！

我來負責！聽憑差遣！嘻嘻……嘻嘻哈哈！就是這麼一回事！蠱佬！拜託你別再笑了行不行！別再笑了！」

蠱佬笑笑從懷中拿出一個小木盒，打開，用指尖溫柔地沾出一條紅色小蟲。

「操！拿開！你要符屍不就是想要一個聽你命令的小弟嗎？但符屍可以幫你買漢堡嗎？可以幫你……開車嗎？這些我通通願意，誰教我是你的小弟嘛！我又會開槍！又會幫你打雜！這些我變成符屍以後就完蛋了你懂不懂啊！」

遊戲先生尿了出來。

蠱佬指尖上的小蟲，也正好沾上了遊戲先生的眼睛。

紅色小蟲一下子就滲進了眼膜，進入遊戲先生的惡夢。

遊戲先生在十具符屍的完美勒架下，無法在身上摳摳抓抓，蠱蟲在他身體裡迅速繁衍產卵又生長繁衍，侵蝕神經改造肌肉，那股癢勁直達骨裡。

「……操！你來眞的！啊啊啊啊好奇怪的感覺啊……好癢！怎麼會這麼癢啊！好奇怪……嘻嘻哈哈哈哈哈……原來是這種感覺啊眞是癢死我了……現在是不是停不下來了哈哈哈哈哈！快點放開我！我要抓癢啊哈哈哈哈！原來牙齒也會癢我眞是想不到啊哈哈哈嘻嘻哈哈哈……」遊戲先生用舌頭狂舔超癢的牙齒。

「癢是一定的，但忍過了，你就是一具開創新局的完全體符屍，你可以保有眼睛，說不定也能夠擁有你現在所有的開槍技術。我不知道，我一直想一直想一直想也不知道，因為你是全新的，忍過了，你就是連我也不懂的新東西了！」蟲佬專注地看著遊戲先生，祈禱破壞交易是一個正確的決定。

癢到快瘋掉的遊戲先生，難以置信地看著眼前。

這會是他身而為人的最後一個畫面。

一個玩蟲的老王八蛋。

一個臉被打凹的莫名其妙不知道是什麼的碎石機白痴。

一個朝自己開了三槍的小惡魔。

一個原本可以被自己輕易殺死的大魔王。

看完這個幽默的畫面，接下來，就要過著符屍的噁爛人生了。

那會是什麼樣的日子啊？

自己還會有任何感覺嗎？

會是一個有意識，但卻無法控制身體的狀況嗎？

還是一個打從心底被改造成當符屍也不錯的可怕心態呢？

真是太幽默了真的是太幽默了，為什麼自己當初不死在蟬堡裡啊！

「老王八蛋……符屍要吃什麼啊？」遊戲先生的臉都癢到變形了。

蠱佬身軀一震。

這問題，連蠱佬也感到新奇與困惑。

「沒吃過東西。」蠱佬沉思片刻：「通常我不會讓符屍活那麼久，用過了就讓他們自己把自己打廢，不過你是新的，一定會是例外，我想想看……讓你吃人，就吃活生生的人，感覺比較像怪物吧？」

遊戲先生的內臟狂癢到，像是有一百萬隻蚊子同時在身體裡吸血。

那張扭曲的臉，令喬伊斯深深感到同情。

「太辛苦的話，就好好睡一覺吧。」

喬伊斯一說完，遊戲先生馬上閉起眼睛。

「我只好把爸爸借給你了。」喬伊斯轉頭看向牧師。

牧師呆住。

眼神裡的瘋狂異光消失，一恍神，另一種截然不同的狂野湧上了牧師的眼睛。

牧師抄起喬洛斯手上的雙槍，對著蠱佬開槍。

「PARTY PARTY PARTY！」

子彈穿越了蠱佬的心臟。

24

蟲佬站在一條彎彎曲曲的走廊裡。

走廊的四面八方，都是一扇又一扇不同顏色與材質的門，大部分的門都腐朽了，爬滿了藤蔓與青苔，幽幽暗暗，門縫底下透著無數細碎綿密的蟲鳴，好像只要打開其中一扇門，就會被狂奔出來的原始森林給淹沒。

只是摸著門板，蟲佬就能感受到門後的一切。

那是自己一輩子份量的記憶。

蟲佬望向走廊中央，看著始終保持微笑的喬伊斯。

「眞是奇妙的魔法，是你瞬間將遊戲先生的靈魂，挪移到你爸爸的身上吧？」蟲佬一點也沒有怪罪喬伊斯在最後關頭反將自己一軍的意思，心中全是佩服。

「該說是靈魂嗎？其實是人生的記憶。」喬伊斯也很欣賞蟲佬的態度：「記憶構成了一個人的精神力，說是靈魂也不爲過吧。」

「所以，我被殺了嗎？」

「快要被殺了，第一發子彈擊碎了你的心臟，讓你的意識震顫了一下，所以我才得以來到你的記憶隧道。」喬伊斯倒是不疾不徐：「第二發正飛到一半，這一顆子彈會貫穿你的大腦，即使我還可以出現在這裡，這裡也會有一大半的記憶會爆炸吧。」

「眞是了不起的技術，這一切都是你預先安排好的結局嗎？」

「誰知道呢？多多少少得憑藉一點運氣，但事先分析情勢，研究角色，審視彼此的能力與個性，將整個布局設定好，在無窮盡的不確定中慢慢接近預想的結局，這不是很有意思嗎？」

「好強大的心智，現在就是你預先想好的結局嗎？」蟲佬眞心讚歎。

「距離我期待的結局，還差了一點。」

「差了什麼？」

「我還是想進去蟬堡，但是我想先打包一些行李再進去，我想會更有意思。」喬伊斯眨眨眼：「我的夢空間非常大，你的記憶跟能力都很有意思，在你徹底死亡以前，我想邀請你住進我的身體裡，成爲我人格的一部分，有時間我再慢慢研究你的一切。」

面對如此奇特的提議，生平經歷無數神奇事件的蟲佬倒是沒有半點困惑。

只不過……

「我變成你的一部分，會發生什麼事？」蟲佬歪著頭：「我還會是……我嗎？」

「你加入了我，你的精神力就不會死，那些符屍照樣受你的控制。」

「那以後，我還是可以繼續我的蟲蟲研究囉！」蟲佬合不攏嘴。

「你的蟲蟲研究，加上我的精神世界研究，我們可以一起創造很多有趣的人生體驗。」喬伊斯溫柔地說：「不是說好了嗎？我要跟你分享我的力量。我們，一起玩。」

蟲佬點點頭：「你應該早點說清楚的，我根本不會拒絕啊！」

喬伊斯沒有回話。這個前提當然是不成立的。

蟲佬之所以樂於人格被吸收，主要還是因爲他輸給了眼前的自己，還在一個晚上連輸了兩次。自己的強大，懾服了蟲佬，毀滅了他的主體意志。

「不過遊戲先生他有了槍，殺了我之後，馬上就會殺了你。」蟲佬擔憂。

「不，他殺我，他就得一輩子待在那個快要變成白痴的我爸爸身體裡，流鼻涕、頭痛、嘔吐、大小便無法控制。他連一分鐘都熬不過的。」

「所以你也要讓他住在你的身體裡？」

「是，趁著他還能好好說話，他會這麼哀求的。」喬伊斯笑笑：「看過剛剛那場精采的惡戰，你明白我也有吸收他的理由。」

「也是……那麼以後，我跟他都是室友囉？」蟲佬的臉色變得有些難看，似乎不認同遊戲先生有這樣的資格：「……那麼，趁著我的腦袋被打爆之前，我該怎麼做呢？」

「我也沒在自己的身體裡試過，只是借用了別人的身體玩了幾場遊戲。不過我猜想，人格寄生會有兩種作法。」喬伊斯欣賞著這條別具特色的蟲蟲隧道：「有時間的話我會想慢慢搬，一邊欣賞別人的記憶，一邊還能在舊的記憶裡加入新的見解，這樣的話，即使對方不同意移轉，我也能夠憑藉著複製過來的記憶，在我的身體裡模擬，創造一個新的對方人格。這只是我的猜想。」

「子彈快要貫穿我的腦袋了，顯然時間不夠啊。」

蟲佬好像也可以感覺到，在這個意識空間之外，子彈不斷逼近的壓力。

「是的，所以我們試試方法二——硬是用倒的。」

喬伊斯微笑伸出手指。

「這是邀請。」

蟲佬也學著喬伊斯的手勢，伸出了自己的手指。

「我接受。」

25

第二顆子彈貫穿了蠱佬的眉心。

蠱佬倒下。

牧師哈哈哈大笑：「哈哈哈哈我贏啦！我贏啦哈哈哈哈痛死我啦！現在！馬上！快點把我弄回我的身體快快快！」

喬伊斯搖搖頭。

十頭符屍架住遊戲先生的姿勢沒有變，失去意識的遊戲先生身體持續蠱化，還可以看見蟲蟲在遊戲先生的眼睛與鼻孔裡爬來爬去。

「你確定嗎？」喬伊斯的眼神變得相當深沉：「我一直在想一直在想，蠱化雖然可以停止，但卻是無法逆轉的。我是很樂意送你回去，但你確定想承受這樣的痛苦？」

「怎麼可能！只要殺了放蠱的人，所有被下蠱的人就會得救，這不是常識嘛啊啊啊啊我的臉好像被火燒到一樣！痛死我啦！」

「是啊，但我可沒有死啊。」喬伊斯沒有笑，只是非常仔細觀察牧師的眼睛。

這種靈魂瞬移的技術眞是高超啊，如果自己的蠱加上這小孩子的靈魂瞬移……

「你……你跑到那個小王八蛋的身體裡幹嘛！」牧師用槍托拚命敲打自己的腦袋，大吼：「快！快把我送回去！不然我就殺死你！啊啊啊啊啊！」

喬伊斯轉頭，朝著十頭符屍唸唸有詞，其意念，其腦波，其蟲語，照常傳送到符屍體內的蟲蟲。符屍一用力，遊戲先生的身體登時四分五裂。

喬洛斯哈哈大笑，抓著頭原地蹦蹦跳跳：「醜男醜到爆炸啦！因爲太醜所以爆炸啦哈哈哈哈哈哈！」

親眼看著自己的身體變成一團肉醬，牧師先生呆住，暴怒：「我搞不懂我搞不懂！啊啊啊啊啊啊你幹嘛扯爛我的身體！是不是不信我會殺了你！」

儘管快要變成白痴，視線又因爲腦傷極度模糊，槍神還是槍神，雙槍連發，十頭符屍一眨眼就被爆頭結案。

喬伊斯的眼神從老邁恢復成清澈的蔚藍。

「你殺了我，你就得一輩子住在我白痴爸爸的身體裡了，沒多久你就會拿槍把自己的頭轟掉。」喬伊斯嘆氣：「一代槍魔，力戰百頭符屍被擒，身體被撕成碎片，還把自己的頭轟掉。一天死兩次，眞不愧是遊戲先生。」

「一天死兩次眞的好好笑喔！眞的好好笑喔快要笑死我了！」喬洛斯笑到在地上

滾來滾去，雙腳踢來踢去。

牧師大怒，拿起槍指著喬伊斯。

又放下。

然後又拿起槍對準喬伊斯。

「不必掙扎了，規則剛剛在夢裡都跟你解釋過了，閉上眼睛，加入我吧。」

喬伊斯伸出手微笑：「成爲蠢佬的室友，成爲我的玩伴。」

牧師眼神裡的遊戲先生，憤怒地瞪著喬伊斯。

「成爲我，我們一起進入蟬堡。」

「我進去蟬堡要幹嘛！痛！死！我！了！」

「別傻了，你只是從蟬堡逃出來，但你根本沒有破解蟬堡。」喬伊斯微笑：「蟬堡是做什麼用的？你根本沒有查出來，眞是白待了那麼久。幸好我跟喬洛斯還可以帶你再進去一次。」

喬伊斯笑得很瀟灑，笑得很自信，笑得天眞無邪。

笑得，好像全世界都被他掌握住了。

笑得，彷彿神祕的蟬堡僅僅是他人生的一段小插曲。

「不要抗拒了，加入我，成爲我。」

原來，臉被打凹是這種感覺……

牧師忍痛張大嘴巴，以免自己突然咬舌自盡。

他一支槍頂著自己的太陽穴，一支槍對準喬伊斯的眼睛。

哪一支槍會噴出子彈呢？

今天，自己徹底栽了。

今晚以前，遊戲先生自認人生裡並沒有一定要完成的事。

但剛剛他被符屍擒住，證明他還沒有完全領悟殺手界裡不斷流傳的「槍神奧義」，否則就算有一萬頭符屍他也必定從容以對，眞的，只要掌握得更好，扣扳機的力道，槍身傾斜的纖毫差異，感受每一顆子彈的重量跟火藥量都有著微妙的不一樣，風速、濕度、敵我的運動曲線，通通都掌握住了，一顆子彈要擊殺十頭符屍都有可能！

遊戲先生恐怕得找到另一個跟他同樣接近「槍神奧義」的槍手，然後殺掉他。

眞的有那種人嗎？眞的有跟他一樣厲害的人嗎！

不存在！不存在啊！

自己必須殺掉那一個根本並不存在的人！

自己如此接近「槍神奧義」，那些無限可能的畫面！還想要再看一次！

「我們，一起玩。」

「好！一起玩！」

砰！

喬伊斯呆住了。

這是從未出現在他臉上的，陌生的表情。

這輩子短短九年，已吞過八千多個夢，造訪過八千多個人的人生，看過數以百萬計的祕密，他的眞實年齡已經無法計算，他的思想已飛躍到另一種維度。

現在，喬伊斯的表情，卻只有空洞。

看到這個表情就夠了，牧師奮力地張大嘴巴大笑：「以後，請多多指教啦。」

伸手按向喬伊斯的拇指，閉上眼睛。

26

五千多個鎮民全都一動也不動，只是站在大街上仰望天空。

天微亮。

一夜無眠的鐵鎚鷹用望遠鏡不斷確認這異象。

「要派特遣隊進去打探看看嗎？」前來支援的黑衣人點起了菸。

鐵鎚鷹搖搖頭，吐出一口濃烈的菸氣。

明顯是陷阱。

是誰布下的陷阱？

不知道。

只知道蠱佬帶走一百頭最好的符屍，然後失去聯繫，而遊戲先生卻絕對不是設陷阱的那塊料。

綠石鎮裡的某處，一定正上演著殘酷的對決。

鐵鎚鷹保守地維持封鎖，持續觀察綠石鎮的變化。

蟬堡可以等。
蟬堡永遠可以等。

27

天色已開。

曾經充滿了愉快聖歌與飯後甜點的牧師家，如今滿地滑膩的血肉。

刺眼的陽光令小恩雅睜開眼。

她看見一身泥土的喬伊斯正坐在她身邊，用沾滿草屑的手翻著一本童話書。

是夢嗎？

昨天晚上發生的一切，一定都是惡夢一場。

小恩雅揉揉眼睛。

媽媽坐在一旁，牽著爸爸的手。

媽媽沒有了眼睛，爸爸的臉凹下去了。

「媽媽沒力氣了，爸爸也差不多了，妳應該好好跟他們道別。」

喬伊斯闔上童書。

小恩雅顫抖地走到沒有眼睛的牧師夫人身邊，吻了媽媽。

走到凹臉牧師的身旁，吻別了爸爸。

轉過身，小恩雅沒有哭。

她將淚水鎖在眼睛裡，用所有的力量看著讓這一切發生的壞哥哥。

「很好，就是這個眼神。」喬伊斯淡淡地稱許。

「……」小恩雅咬牙。

「沒有什麼要問的了嗎？」喬伊斯的眼神充滿了哀傷。

「……」小恩雅還是咬牙，依舊沒有別開眼睛。

喬伊斯點點頭，兩個正在大街仰望天空的鎮民忽然回神，衝向牧師家。

其中一個高大男子邊跑邊脫衣服，直到渾身精赤。

一個矮小少年邊跑邊打手槍，抵達喬伊斯面前時剛剛好射精。

「老大！」矮小少年馬上立正站好。

「呵呵呵老大好。」高大中年男子害羞地遮著自己的肥老二。

喬伊斯指著小恩雅。

「黑屌刺客、忘了穿衣服的黑魔鬼，從今以後你們就是我妹妹的僕人了，你們要保護她、餵飽她，她生病了就帶她去看醫生，她睡不著就想辦法哄她睡著，第一次約會的時候要暗中保護她，每年聖誕節都要準備禮物放在她的襪子裡。小恩雅除了叫你們滾遠，叫你們自殘自殺之外，所有的命令你們都得好好聽。知道嗎？」

小恩雅的眼睛閃現過一秒的恐懼，隨即硬生生被吞了回去。

「完全沒問題啊！老大！」黑屌刺客寄生的少年豎起大拇指。

「呵呵呵呵那我們可以偶爾搞一下你妹妹嗎呵呵呵。」忘了穿衣服的黑魔鬼胡亂摸著自己的大陰莖。

「她命令你們搞她的話，當然就要好好服從，她說不行的話，那就不行。」

「知道了老大……呵呵呵……」

「是的！我會去強姦別人的老大！」

「聽好了，等一下會有一場大混亂，你們得趁機保護她闖出去，不過記住了，這個肉體也是你們僅存的最後模樣，弄壞了，不小心被幹掉了，可別幻想能夠在別的身體裡重生。好好珍惜吧！」喬伊斯看著忘了穿衣服的黑魔鬼，忍不住提醒：「胖子，你得學著穿衣服，不然很難在這個社會上生存。」

「呵呵呵呵穿衣服好不習慣喔呵呵呵！」忘了穿衣服的黑魔鬼傻笑。

喬伊斯單膝跪下，摸摸小恩雅冰冷的臉。

「小恩雅，記住妳的家人，記住這兩天發生的所有一切，爸爸跟媽媽既然生得出喬洛斯跟我，妳的降生，一定也有不同凡響的意義，即使此時我尚未明瞭，也只是更加證明了妳的非凡與難解。」

小恩雅的眼神拒絕透露任何恐懼。

「等妳成長了，發現自己存在的意義了，妳一定要來找哥哥們報仇，知道嗎？」

喬伊斯吻了小恩雅的鼻子一下。

「我會離妳遠遠的，很遠很遠……直到……」

直到，妳找上我。

28

藍天下，大太陽。

五千個鎮民，低著頭，一言不發地走向封鎖的鎮界。

一齊抬頭。

他們看著坦克、裝甲車、機關砲、廣播站、直升機。

又像完全沒在看。

然後開始全力衝刺，瘋狂突圍。

受命格殺毋論的軍人，無奈地對著這未知病毒的寄生者們開火。

不到一個小時，四面八方的鎮界躺滿了五千具殘破的屍體。

一天之後，陣陣屍臭吹出了封鎖線，蟬堡終於派了特遣隊進入綠石鎮。

尋著極度腐敗的屍臭，在南界的玉米田裡，特遣隊發現上百具腦袋被射破的陸戰隊屍體堆疊在一起，蟲佬矮小如猴的屍首，一堆疑似遊戲先生的殘骸。

任務失敗了嗎？

全鎮唯一的倖存者，被帶到鐵鎚鷹面前。

鐵鎚鷹抽著菸，打量著這正在睡覺的小男孩。

全身都是泥巴草屑，毫不起眼，無害而脆弱，只聽得見低微的鼾聲。

是嗎？

答案當然不可能像外表看起來這麼簡單。

「要用藥物叫醒他問話嗎？」一個黑衣人將菸拿得離小男孩超近。

鐵鎚鷹搖搖頭。

黑色直升機的螺旋槳已經在草皮上刮起了狂風。

鐵鎚鷹與持續昏睡的小男孩一起搭上了機艙。

「任務沒有失敗，我們帶回了最高危險災難後的幸運生還者。」

鐵鎚鷹看著小男孩白皙的臉龐。

醒來後，他就是綠石鎮所有一切謎團的答案。

「最頂級的，F組。」

直升機終於離地，飛向燦爛的天空。

疲倦的鐵鎚鷹熄滅了菸，閉上眼睛，這下總算可以好好睡一覺了。

還有多久才抵達神祕的沙漠？

小男孩的眼皮一直顫動。

顫動。

祝福他，正在天空中作著最美好的夢。

END

後記
大魔王的眼淚，其實還是愛啊！

寫這一次的《蟬堡》的同時，我一邊在籌備電影「報告老師！怪怪怪怪物！」，寫劇本，找演員，組製片團隊，造型，美術，攝影，勘景，監督演員訓練，與特效公司一起研究我未知的綠幕世界，反覆不斷修改劇本。

然後現在，就是現在，我正在寫作者感想的同時，我坐在中影的搭景棚裡，靠在飾演怪物的演員身後，劇組正手忙腳亂陳設著我的周圍，生冷的鎖鏈，染血的釘槍，灼熱的噴燈，生鏽的老虎鉗，昏黃的燈泡，黑色冒泡的血液。沉浸在這個古怪的氛圍裡已經三個禮拜，我們還得持續戰鬥到年後。

關於電影的其他，大家都在問「打噴嚏」跟「功夫」的後續。

「打噴嚏」最近才接近後製完成，我看了好幾遍，很好看，居爾一拳的橋段百分之百會爆淚，但什麼時候能夠上映，則是我們製作電影的人無法掌控的因素。對於無法控制的因素，我就不假裝比大家多知道什麼，反正我跟柯震東都比所有人還要期待

「打噴嚏」登上大銀幕的那一刻。我一定會哭。

至於「功夫」，籌備資金的狀況還不明朗，只好也暫時擱著。其實「功夫」擱著很好，那種需要拍攝三個月以上的巨大消耗，我現在明顯對付不了，回想起來當初沒有跟「功夫」硬對著幹，應該是我的幸運。我欠缺了很多，我得準備更充分，不管是資金，還是導演經驗。我需要更多的前置。

那麼，既然忽然又開始拍起了電影，爲什麼不拍已經寫成小說並且出版了的故事呢？「後青春期的詩」？「殺手鐵塊」？「殺手火魚」？「月老」？「精準的失控」？那樣做的話，不會更符合讀者們的期待嗎？

起因是，有一天下午，我坐在書房地板上吃奇異果，金黃色的那種，比較不酸，甜甜的，我用刀子切成兩半再用湯匙挖著吃。才吃兩口，手上的奇異果就說話了：

「你爲什麼不吃綠色的奇異果？」

「綠色的比較酸啊。」我挖了一口。

「就因爲綠色的比較酸，所以你就吃黃色的嗎？」奇異果。

「也是因爲黃色的比較甜啊。」我又挖了一口。

「不是因爲營養價值高才吃黃色的奇異果嗎？」

「我也想長高，但就是矮啊我也沒辦法。而且我還自然捲。」

「這有點答非所問了。」奇異果不懂我的點。

「我覺得奇異果會講話比較奇怪。」我繼續挖繼續吃。

「因爲奇異果很奇異啊！」奇異果理直氣壯。

我覺得很有道理，畢竟我的頭上確實也插了九把刀，不過有件事還是不明白：「奇異果雖然奇異，不過一顆奇異果好不容易開口說話，結果只是問我爲什麼不吃綠色的奇異果，感覺有點太隨便了。哇靠你到底想說什麼啊？」

不過奇異果沒有回答這個問題，因爲我剛剛邊問邊吃，竟然一不留神就把它吃光了，正當我感到懊惱的時候，忽然聽到心裡響起一個聲音——「你想拍什麼就拍啊！幹嘛一定要拍已經出版的小說啊！」

我大吃一驚：「是誰！是誰在說話！」

「是我是我！我是——」那個聲音大叫：「奇異果的在天之靈！」

連奇異果都有在天之靈了，我們當人的，豈能不力爭上游！

於是我許了一個小小的願望，在我完成電影「報告老師！怪怪怪怪物！」之前，除了鼻毛，我的頭髮跟鬍子，就都不剪了，用一頭亂髮跟不知所云的鬍子的長度與捲度當做計算尺，去寫這部新電影的拍攝日誌，才不會辜負奇異果的在天之靈。

好啦好啦好啦，其實我很想自己拍「後青春期的詩」，快快樂樂的成長故事，讀者高興，我也開心，但過去好幾個月，我很需要釋放自我黑暗能量的直覺，以及一些難以言喻的心境反省，一道爆發，而以上幾個已經出版成書的故事都太光明了，都無法符合「心理治療」的期待，我只好透過拍攝這個新故事……一個非常黑暗的電影，去瓦解一些我心裡的雜質，從黑暗裡試圖誕生出一種向光的渴望。

想想，過去一年，我連續寫了三個質素黑暗的故事，《蟬堡》、《殺手》，然後還是《蟬堡》。我覺得這樣很好，反正什麼樣的心境就寫什麼樣的故事，有什麼樣的渴望就拍什麼樣的電影，這樣的創作曲線比較健康。「報告老師！怪怪怪怪物！」好像會是一部非常奇特的電影。

聊回《蟬堡》。這是一個黑暗大魔王的成長故事。

不管再怎麼強悍的人，都有弱點。

沒有弱點的魔王，不真實。大魔王必須可以被打倒，故事才會好玩。喬伊斯的能力「吃夢」太外掛，不過也很脆弱，他的本體可以輕易被幹掉，只能依靠夢境被吃過的倒楣鬼作他的貼身保鏢，要不，就只能伺機進入敵人的夢境亂吃一通，而這種伺機，在全神戒備的敵人環伺下幾乎不存在，所以在綠石鎮上與遊戲先生或蟲佬的對峙時，有一點點奇妙的緊張感。

不過，能力上的弱點，只是一種很表象的設定。

眞正的設定，應該拋開能力、力量、超能力屬性上的思維，必須回到角色本身。

舉個例子，淵仔眞正的弱點絕對不是武功不夠強，因爲武功永遠都不會夠強的，難道隕石衝擊地球時淵仔無力抵抗，是因爲內力不夠強嗎？淵仔的弱點，是愛。他愛乙晶，他愛師父黃駿，他愛夥伴阿義，他愛好不容易才重新拼湊起來的家庭。失去了武功，淵仔不會崩潰，但失去了以上深愛的種種，淵仔才會見識到眞正的黑暗。

又舉個例子，廖該邊眞正的弱點也是其眞正的優點，就是對光明偏激的信仰，他很自信，卻也會因爲發現自己有影子的不完美而崩潰。這個弱點也跟超能力無關。

再舉個例子，海門的弱點並非他的人類血統，甚至人類血統更是海門之所以帥氣的原因，海門的弱點是山王，是狄米特，是崔絲塔。只要摧毀這三個人，都會讓海門發狂，墮入黑暗。

發現了嗎？許多我所創造出來的角色，其弱點就是這個角色強悍的核心。

因爲弱，所以強。

那麼，看起來超級冷靜、永遠滔滔不絕勝券在握的喬伊斯，如何見識到屬於他的終極黑暗呢？有什麼事能逼他流下第一滴眼淚呢？

喬伊斯眞正的弱點，當然也是他唯一的愛。喬洛斯。

目前看起來，喬洛斯是喬伊斯在這個世界上唯一眞正在乎的人，即便喬伊斯的能力非常無雙，他的壞壞人生還是有重大的弱點可以攻陷。

喬洛斯是我寫過的小說裡面，獨一無二的存在。他的壞嘴巴，超賤的個性，所有一切都是天然極度純粹，用「邪惡」來形容絕對是錯誤的，因爲「邪惡」是一種「選擇」後的結果，也就是說，在善與惡的拔河之中墮入了黑暗，那才叫邪惡，但喬洛斯的本性就是好奇，他想幹嘛就幹嘛，他沒有花費力氣去做什麼選擇，不計較利害得失，就連遇到了超級可怕的怪物遊戲先生的時候，喬洛斯也沒在怕的，如果說喬洛斯也擁有超能力的話，他的超能力就叫作——「隨便」。

喬洛斯的「隨便」，讓他可以隨便地開槍傷害遊戲先生，他的隨便，可以亂射蜂窩擾亂遊戲先生，中間如果發生任何的意外，喬洛斯就會被幹掉，但喬洛斯當然也沒在鳥他的，連自己的性命也不計較，只要「好笑」就好。他不只是綠石鎮的小魔星，也是任何正常人的腦癌。如果他有機會進入蟬堡，一定很好笑。

那麼，喬洛斯人呢？

重看一次「都市恐怖病」的話，也許你會發現喬洛斯的存在。讓我們保持奇特的耐心。下一本《蟬堡》，我們將正式進入蟬堡的沙漠地底世界。

慢慢地，蟬堡的眞面目將隨著喬伊斯的探險而揭露，它當然不會只是一個任憑「一大堆壞蛋把彼此殺掉」的大型囚禁室而已。蟬堡由誰創立，創立的目的又是什麼，只有看過我所有，是的，我是說所有，只有看過我所有七十幾本小說的讀者，才能感到拍案叫絕的瘋狂驚喜。

「蟬堡，吃我吃我快吃我」，喬伊斯與狄理特的相遇。

夜之王者，登場。

國家圖書館出版品預行編目資料

蟬堡／ 九把刀著. -- 初版. -- 台北市 ：
蓋亞文化，2016.02-
冊； 公分. --（九把刀.小說；GS016）

ISBN 978-986-319-201-5（平裝）

857.7 104010897

九把刀・小說 GS016

蟬  堡〔全世界我們最可憐〕

作者／九把刀（Giddens）
封面插畫／Blaze Wu
封面設計／克里斯
出版／蓋亞文化有限公司
地址◎台北市103赤峰街41巷7號1樓
電話◎（02）25585438 傳眞◎（02）25585439
臉書◎www.facebook.com/Gaeabooks/
部落格◎gaeabooks.pixnet.net/blog
服務信箱◎gaea@gaeabooks.com.tw
投稿信箱◎editor@gaeabooks.com.tw
郵撥帳號◎19769541 戶名：蓋亞文化有限公司
法律顧問／宇達經貿法律事務所
總經銷／聯合發行股份有限公司
地址◎新北市新店區寶橋路二三五巷六弄六號二樓
電話◎（02）29178022 傳眞◎（02）29156275
港澳地區／一代匯集
電話◎（852）27838102 傳眞◎（852）23960050
地址◎九龍旺角塘尾道64號龍駒企業大廈10樓B&D室
初版二刷／2017年03月
定價／新台幣 250 元
Printed in Taiwan

ISBN／978-986-319-201-5